KB075284

고구려, 대륙을 먹다 22권 완결

초판1쇄 펴냄 | 2023년 01월 09일

지은이 | 다물
발행인 | 성열관

펴낸곳 | 어울림 출판사
출판등록 / 2009년 1월 23일 제 2015-000062호
주소 / 경기도 고양시 일산동구 무궁화로 43-55, 801호 (장항동, 성우사카르타워)
TEL / 031-919-0122
FAX / 031-919-0127
E-mail / 5ullim@hanmail.net

ⓒ2023 다물
값 9,000원

ISBN 978-89-992-8171-6 (04810)
ISBN 978-89-992-7467-1 (SET)

목차

필독 7

적이 인해전술을 벌이다 8

큰 파도가 몰려오다 18

궤멸 직전으로 몰리다 28

활로를 돌파하다 39

당군의 반격을 물리치다 49

대군을 요청하다 59

국력을 동원하다 69

다시 진공을 벌이다 80

군세로 몰아치다 91

신녀의 길 103

바다 같은 호수에 이르다 113

핏줄을 만나다 123

천녀를 만나다 133

모든 것의 시작을 알다 143

천명을 도구로 삼으려는 자 153

단군이 하늘에 반역하다 163

천군과 고보장을 표적으로 삼다 173

잠시 작별하다 186

설인귀가 천군을 쫓다 197

차단당하다 207

설인귀가 돌진해오다 220

삶과 죽음의 사이에서 결정되다 230

마지막 적군이 무너지다 241

전쟁의 종극에 달하다 252

천군이 선택하다 266

필독

본 소설은 허구입니다. 실제적 역사나 사실과 다를 수 있습니다.

적이 인해전술을 벌이다

창과 검, 칼과 활이 있었다.

그리고 식칼과 낫, 뾰족한 죽창까지 무기가 다양했다.

온갖 무기로 무장하고 있었고, 듬성듬성 갑옷을 입은 자들이 사이에 껴 있었다.

갑옷도 강철 판갑부터 가죽 갑옷까지 다양했고, 심지어 대나무 쪽을 엮어서 만든 갑옷으로 통일되지 못한 모습을 보였다.

하지만 한 깃발 아래에 모여 있었다.

비록 군기가 엄정하지 못한 모습까지 보여주고 있었지만 똑같은 깃발 아래에 서서 함께 싸우고자 했다.

대충 줄지어 서서 움직이는 것만으로도 흙먼지 구름을 일으켰다.

그러다가 큰 소리로 외치는 장수의 목소리를 들었다.

"정지!"

처척! 척! 척!

"정지! 정지하라고! 멈추지 않으면 목을 벨 것이다!"

처처척! 처척!

"망할……."

한 번에 명령을 따르지는 징집병들을 보면서 장수가 한숨을 쉬었다.

그는 군관이었다가 장수들이 모자라서 천호장이 된 자였다.

그리고 잘못하면 순식간에 1만 군사를 이끌 수도 있었다.

1만 군사를 이끄는 장수들의 수도 모자랐고, 그들은 최소한 수만 군사들을 이끌고 있었다.

그런 장수들의 지휘를 징집병들이 받고 있었다.

멈춰 설 때 명령 한 번으로 바로 서지 못하고, 이리저리 발소리를 내면서 소란스런 모습을 보였었다.

초지 위에 멈춰선 징집병들이 채주성을 바라보면서 이야기했다.

"세 발 까마귀 깃발이 있어?"

"저기, 보이는 것 같아."

"정말 이대로 싸워도 되는 걸까? 고려 놈들은 천둥소리를 내는 화기로 무장했다고 들었는데……."

"하지만 수가 그렇게 많지 않다고 들었어."

"얼마나 된다고 들었어?"

"대충 1만? 물론 적은 수는 아니지만 우리에 비해서는 군사들이 부족할 거야. 우린 무려 100만 대군이야."

잡탕처럼 온갖 무장을 한 징집병들에게 떠도는 이야기들이 있었다.

그것은 상관으로부터 들은 이야기였고, 징집병들이 진실로 여기는 이야기였다.

몇 번이나 그 사실을 확인하기 위해서 주위를 돌아봤고, 함께 하는 자들이 지면 끝까지 서 있음을 알게 됐다.

때문에 자신들이 이루는 군세가 100만 대군이라고 믿었다.

설령 그렇지 않더라도 큰 문제는 없을 것이라고 여겼다.

"이렇게나 많은데 1만 명이 죽어도 몇 십 명 중에 한 사람일 거야."

"그러니까."

"전투가 벌어지면 나는 반드시 살아남을 거야."

긍정적으로 생각하면서 진격 명령을 기다렸다.

정찰대를 통해 역도들과 고려군이 채주로 향한다는 소식을 들었다.

그리고 시각에 맞춰서 진격을 벌였고, 이미 채주성으로 입성한 적들을 마주했다.

성을 경계하는 해병들이 기막힌 시선으로 보고 있었다.

"세상에……."

"많이도 몰려왔네……."

놀란 모습을 보이기는 부장과 창운도 마찬가지였다.

또한 이적과 장손무기와 저수량, 유인원도 똑같은 반응을 보였다. 함께 성 위로 오른 장손무기가 채주로 진격해 온 적을 보면서 이적에게 물었다.

"적의 군세가 얼마나 되는 것 같소?"

장손무기의 물음에 이적이 대답했다.

"대략 30만 대군인 것 같소."

"더 넘지는 않겠소?"

"35만까지는 생각할 수 있는데 40만 명까지는 절대로 아니오. 저 산 너머에 적이 없다는 전제 하에 말이오. 아무래도 이 주변에서 끌어 모은 징집병들인 것 같소."

이적의 의견을 듣고 장손무기가 미간을 좁혔다.

그때 함께 의견을 들은 저수량이 장손무기에게 물었다.

"혹, 무 태후가 황명을 빌려서 온 백성들을 동원한 것은 아니겠습니까?"

그 말에 장손무기가 생각하다가 대답했다.

"그럴 수도 있네. 우리가 아는 무 태후라면 능히 그러고도 남을 사람이니까. 우릴 막기 위해서 수단과 방법을 가리지 않을 것이네."

이미 청야전으로 태후가 어떤 사람인지 또 한 번 증명 됐다. 그리고 어떤 수단을 강구해서라도 모든 백성을 동원했을 것이라고 판단했다.

아마도 백성들의 식솔을 인질로 삼아서 전장으로 보냈을

것이라. 때문에 모인 병사들이 한 번 정도는 제대로 싸울 것이라고 생각했다.

무기가 다르고 복장이 다 달라서 결코 강하다 여기지 않았다. 하지만 그 수가 많아도 너무나도 많았다. 군세의 열세를 걱정하면서 장손무기가 창운에게 물었다.

"아군 수가 적지만 그래도 상장군의 해병들에겐 화기가 있소. 이 성에서 적을 막을 수 있겠소?"

장손무기의 물음에 창운이 잠시 고민했다.

그리고 다소 굳은 표정으로 대답했다.

"막기 힘들 것 같소."

"그러면 적이 완전히 성 앞까지 오기 전에 후퇴해야 하지 않겠소? 그래야……?"

장손무기의 말을 끊으면서 이적이 말했다.

"매복이 있을 수도 있소. 저렇게 적군이 시각에 맞춰서 나타난 것은 아군이 진격하는 것을 알았다는 이야기가 되오. 회군하는 길에 적을 만나면……."

창운이 말했다.

"매복에 걸리면 아무리 화기로 무장했다 해도 위험해질 수 있소. 이쪽도 화기의 위력을 극대화 시키는 것도 결국 진형과 진법 전술로 싸우는 것인데, 이동 중에 적을 만나면 쉽게 대응하기가 어렵소. 차라리 성에서 싸우는 것이 낫소."

"버틸 수 있겠소?"

"붙어봐야 아오. 적군이 너무 많아서 어떻게 될지는 모르겠소. 하지만 포위되기 전에 전령을 보낸다면 빠르게 지원군을 요청할 수 있소. 상단부사가 호위무사를 데리고 와 줄 테니까 말이오. 그리고 상단 수군은 아군보다 훨씬 많은 화기를 보유하고 있소."

창운의 의견을 듣고 장손무기가 고개를 끄덕였다.

해병들의 가진 무기가 강력하다는 것을 알았지만 보유하고 있는 탄약으로 몰려온 적을 상대할 수 있는지 의문이었다.

부디, 적이 빨리 겁에 질려서 도망치길 간절히 소원했다. 그렇게 되는 것이 그래도 많은 백성들을 살리는 길이었다. 비록 적이지만 몰려온 징집병들도 소중한 백성이었다. 창운이 부장에게 명을 내리면서 성 밖으로 전령을 보냈다.

"판단력 좋은 기병 10명을 뽑아서 밖으로 보내. 적군이 나타나면 일절 대응하지 말고 마지막으로 보급 받았던 회수 강변으로 향하라고 해. 그리고 성문을 닫고 적과 교전한다. 화포를 성벽 위로 올리고 수류탄들을 준비해."

"예! 상장군!"

지시를 받은 부장이 속히 해병들에게 명령했다.

잠시 후 기병들 중에서 영민하고 기민한 자들 10명이 모여서 성 밖으로 나갔다.

지났던 길을 달리면서 마지막 보급이 이뤄졌던 곳을 달렸고, 성문이 닫히면서 채주성을 방어하려고 했다.

해방군과 해병들이 수성전을 준비하는 동안, 몰려온 황군도 성을 포위하려고 했다.

"놈들이 흩어집니다!"

해병 천호장이 보고를 올렸다. 다른 천호장들에게 지시를 내리고 보고를 듣던 창운이 성 밖에서 움직이는 적군을 살폈다. 병사들이 터덜터덜 걷는지 흙먼지 구름이 일어났고, 이내 초지와 논밭 위로 서면서 나름의 전열을 갖추게 됐다. 그리고 성을 거의 포위하자 창운이 소리치면서 해병들에게 주의를 전했다.

"방심하지 마라! 적이 많다! 탄약을 아끼되 적이 모여 있는 곳을 효과적으로 공격할 수 있을 땐 과감하게 사용한다! 명령을 기다려라!"

"예! 상장군!"

성벽 위로 화포를 놓고 몰려들 수 있는 적을 조준했다.

미리 해병들이 소총에 총탄을 장전했고, 탄약과 수류탄이 담겨 있는 상자들을 수레에서 내려 성벽 위로 올렸다.

그리고 일정한 간격으로 놓아, 전투가 벌어졌을 때 해병들이 즉시 쓸 수 있게 했다.

완구와 비격진천뢰도 준비했고, 소신기전도 준비해서 모든 화력을 동원하려고 했다. 당장 성벽에 힘을 실어줘야 되는 상황이었기에 기병들도 활과 화살을 들고 성벽 위에 올랐다. 그렇게 전투를 준비했다. 그리고 몰려온 황군이자 징집병들의 대군이 채주성을 포위했다.

'손인사'라는 장수가 30만에 달하는 대군을 지휘하고 있었고, 그는 이립을 겨우 넘긴 젊은 장수였다.

불과 1만 군사 정도만 지휘했었던 그가 역적으로 여겨지는 죄인들의 구적이 멸해진 후 군의 빈자리를 차지했다. 그로써

14

황실을 지키는 새로운 희망이 되고 있었다.

그에게 부장이 보고를 올렸다.

"성을 전부 포위했습니다."

"성안의 적은?"

"적도 싸울 준비를 한 것 같습니다. 성벽 위에 적의 천자포가 놓인 것을 확인했습니다."

부장의 보고를 듣고 손인사가 눈에 힘을 실었다.

미간을 바짝 좁히면서 채주성을 보았고, 그 위에서 휘날리는 역도들의 기와 삼족오기를 보았다. 이미 성의 병력이 얼마나 되는지 정찰대를 통해서 알고 있었다.

그가 부장에게 명령을 내렸다.

"지금 바로 성을 공격한다."

"지금, 말씀입니까……?"

"그렇다."

"성에 군량도 없고 우물에 독까지 타 놓았는데……."

"놈들이 성 밖으로 전령을 보낸 것을 확인했다. 그리고 분명히 지원군을 부를 것이다. 얼마 만에 도착할지는 모르겠지만 적어도 시간은 우리 편이 아니다. 적 지원군이 고려군이라면 분명히 화기로 무장했을 것이다. 그러니 지금 바로 승부를 볼 것이다."

"아…알겠습니다……."

"지금 즉시, 공격 명령을 내려라."

"예! 장군!"

나름의 전황을 판단하면서 손인사가 명령했다.

그의 명을 부장이 받들면서 휘하 장수들에게 전달했다. 잠시 후 북소리가 크게 일어나면서 군관들의 외침이 울려 퍼졌다.

"전진하라!"

"성을 공격한다!"

"금일 안으로 역적과 고려 오랑캐 놈들을 토벌한다!"

"명령을 따르지 않으면 목을 벨 것이다! 전진!"

　검을 뽑아들면서 징집병들에게 경고를 전했다. 장수들과 군관의 지시를 들으면서 강제로 끌려온 병사들이 눈치를 살피다 앞으로 전진하기 시작했다. 앞으로 향하는 동안 황당한 마음을 숨기지 않으면서 이야기 했다.

"아니, 바로 싸워?"

"놈들의 지원군이 온다잖아!"

"그래도 그렇지! 투석으로 한 번 공격하지 않고 이런 식으로 싸우는 게 어디 있어! 놈들이 아예 대놓고 우릴 공격할 거야!"

"나불거리지 말고, 걷기나 해! 장군님이라고 생각 없이 공격 명령을 내리시겠어? 발석거를 애써 만들었다가 천둥을 일으키는 놈들의 무기에 해를 입으면 우리만 죽는 거야! 그러니까 바로 공격하는 게 맞아!"

　상관의 판단에 신뢰하지 않는 자와 신뢰하는 자가 있었다. 그리고 두려워하는 자와 용기를 가져보려는 자가 있었다. 다만 한 뜻을 이루는 것은 전투 중에 살아남는 것이었다. 물결을 일으키면서 채주성으로 다가가기 시작했다. 그리고 수백

보 거리가 되었을 때, 군관들이 칼을 뽑으면서 징집병들에게
소리쳤다.

"전군 돌격! 대당국 황제 폐하! 만세!"

"만세! 와아아아아!"

병력의 우세를 믿으면서 일제히 뛰었다.

나약한 백성이라도 그 수가 수십만을 넘자 없던 기백까지
터트리며 천지를 뒤흔들었다. 발울림이 하늘 높이 솟구치고
있었다. 징집병들의 함성이 성벽 위 군사들의 머리털까지 곤
두세웠다. 어느 누구도 승패를 장담할 수 없었다.

"상장군! 적군이 몰려옵니다!"

"기다려!"

"적이 활 사정거리에 들어왔습니다!"

"기다려라! 아직이다!"

"적이 성벽 앞에……!"

"지금이다! 먼 적과 가까운 적을 동시에 공격한다! 화포를
발포하라!"

살아남을 것이라는 간절한 마음이 창운에게도 있었다. 그
가 소릴 높이며 해병들에게 명령했다. 성벽 위에서 일제히
불꽃이 터지기 시작했다.

큰 파도가 몰려오다

온갖 무기와 온갖 갑옷과 옷차림으로 무장한 징집병들이 뛰었다.

사다리를 든 자들이 성벽을 향해서 전력질주 했고, 앞에 이르러 사다리를 세우자 짧지만 훈련했었던 대로 징집병이 타고 오르려고 했다.

사다리 앞에 백성이었던 자들이 몰려서 채주성에 오르기 시작했다.

그때 성벽 위에서 큰 울림이 일어났다.

"발포하라!"

뻐버벙! 뻐벙!

"……?!"

콰쾅! 쾅! 쾅!

"헉……!"

"세상에…….."

낙뢰가 떨어진 것 마냥 큰 소리가 일어났다.

뒤따라 달리던 황군 징집병들 사이에서 흙기둥이 치솟아 올랐다.

그리고 비명이 크게 일어났다.

"아악!"

"끄어억!"

천둥을 맞은 군관과 병사들이 크게 신음했다.

그 소리가 함성을 밀어내면서 절규처럼 들렸다.

성벽으로 돌진을 벌인 징집병들 머리 위에서 다시 큰 소리가 일어나기 시작했다.

"소총 발포!"

타타탕! 타탕!

"계속 쏴라!"

당나라 말이 아닌 알아들을 수 없는 말이었다.

아무래도 고려 말 같았다.

머리 위에서 고려 군관들이 소리치고 있었고, 그들을 따르는 병사들이 총을 발포하는 듯했다.

그리고 무언가가 성벽 아래로 떨어졌다.

투툭!

"뭐야, 이건……?"

콰쾅!

"흐아악!"

"아악……!"

아래로 떨어진 막대가 큰 소리를 냈고, 주위 징집병들이 휩쓸리면서 비명을 질렀다.

폭발과 함께 철 파편들을 맞았다.

배가 찢어진 징집병과 팔이 너덜너덜해진 군관이 쓰러져서 크게 신음을 냈다.

그리고 그 모습에 병사들이 두려움을 느끼면서 얼어붙었다.

"맙소사……."

"뭐 이런 일이……."

정신 줄을 잠시 놓아버렸다.

그리고 그들을 향해서 해병들이 소총을 조준했다.

"발포!"

계속해서 총탄을 쏘아 날렸다.

동시에 활로 무장한 해방군 궁수들이 화살을 쏘아 날리면서 조잡한 갑옷을 입은 징집병들을 죽였다.

화포의 포격이 계속해서 이뤄지고 있었고, 불씨를 준비한 해병 기병들이 소신기전을 쏘아 날리기 시작했다.

신기전 화살들이 연기 꼬리를 남기면서 징집병의 머리 위로 떨어졌다.

푹! 푸푹!

"커헉!"

"방패 들어!"

퍼펑! 펑!

"흐아악……!"

"어억……!"

징집병들의 신체와 방패와 땅에 박힌 신기전들이 폭발했다.

추진부와 연결 된 폭약이 터지면서 감싸고 있던 작은 쇠구슬이 뿌려졌다.

그로 인해 비명 소리가 더욱 커졌다.

성벽 아래가 생지옥으로 변했고, 성벽 위에서 일어나는 천둥소리가 끊임없이 울려 퍼졌다.

화포의 포구가 번뜩이면서 밀려든 징집병들이 계속 터져 나갔다.

콰쾅! 쾅!

"아아악……!"

군사들의 비명 소리가 메아리처럼 울려 퍼졌다.

멀리서 지휘부와 함께 손인사가 지켜보았다.

징집병들과 황군을 앞으로 진격 시켜놓고 전장을 살폈다.

그의 부장이 굳은 표정으로 보고를 올렸다.

"적군의 저항이 강력합니다! 화기로 무장한 고려군뿐만이 아니라, 역도들의 저항도 만만치 않습니다! 이대로면, 아군이……!"

부장을 힐끔 쳐다보고선 손인사가 미간을 바짝 모았다.

"병력은 여전히 많다!"

"하오나, 겁에 질린 군사들이 도망칠 수도……!"

"그런 자들은 이유 불문 참한다!"

"장군!"

"군율은 지엄하다! 싸우기를 거부한 자는 역도들과 함께하겠다는 뜻을 밝힌 것과 다를 바 없다! 그러니 도망치는 자들을 죽여 군령을 바로 세워라!"

"……."

"적의 화기가 강력하지만 결국 탄약이 떨어지면 무력해질 것이다! 우리가 계속 공격하는 한 승산은 있다!"

검지를 들어 가리키면서 손인사가 명했다.

"돌아서기만 해도 죽여라! 진격, 또 진격이다! 오늘 안으로 역도와 오랑캐들을 궤멸 시킨다!"

"예! 장군!"

부장이 손인사의 명을 받들었다.

그리고 급히 전령들을 보내면서 황군 장수들에게 명을 하달했다.

명령을 따르지 않는 자들을 처형하는 것은 당연한 일이었고, 아니나 다를까 겁에 질린 징집병들이 돌아서기 시작했다.

"개죽음이야, 이건!"

"후퇴! 후퇴!"

앞에 선 군관과 천호장들도 소리치면서 명했다.

그리고 돌아서서 물러나려고 하자, 머리 위로 화살비가 쏟아졌다.

"아악······!"

비명이 크게 일어났다.

쏟아지는 화살에 징집병들의 어안이 벙벙해졌다.

그리고 자신들에게 황군이 화살을 쏘아 날렸다는 것을 깨달았다.

"어째서 저놈들이······!"

커진 눈에 황당함이 가득 차 있었다.

징집된 병사들이 죽어가는 동안, 함께 움직이지 않았던 정예 궁수들이었다.

그리고 그들은 황실에 충성을 바치는 가문의 자제이거나 그들을 따르는 백성들로 구성되어 있었다.

앞에서 칼 든 살수들도 마찬가지였으니, 뒤쪽에서 살벌한 모습으로 퇴각하려던 징집병들을 노려보고 있었다.

수는 많지 않았지만 많은 징집병들이 죽을 수 있었다.

역도로 여겨지는 해방군의 화살과 고려군의 포탄과 총탄보다, 무더기로 화살을 쏘아 날리고 칼을 휘두를 수 있는 아군에게 죽을 수 있었다.

그들의 수만 해도 수만 명이었다.

양쪽으로 공격 받는 상태에서 얼마나 살아남을까라는 생각이 들었다.

짧은 시간에 생각이 이뤄졌고, 일부로 뒤에 있었던 군사들을 보면서 욕을 했다.

"이런 식으로 우릴 죽이려고······!"

"빌어먹을······!"

아우성치는 징집병들에게 황군 장수와 군관들이 소리쳤다.

"도망치는 자는 끝까지 찾아내서 죽일 것이다! 그리고 삼족을 반드시 멸할 것이다!"

"아군은 여전히 우세하다! 놈들의 화살과 탄약은 충분하지 못하다!"

"역도와 오랑캐 놈들의 탄약이 떨어지면 아군이 승리한다!"

"명을 어기다 역적이 되지 말고! 죽더라도 싸우다 죽어서 영웅이 되어라!"

후군 온 군사가 소릴 질렀다.

그 외침이 하늘에 크게 울려 퍼졌고, 징집병들의 머릿속으로 강하게 박혀들었다.

도망친다고 해서 살아남거나 식구가 지켜지는 것은 아니었다.

"빌어먹을……!"

"어머니……!"

지켜야만 하는 가족의 얼굴을 떠올리면서 다시 돌아섰다.

총격과 포격이 계속 이뤄지고 있었고, 여전히 화살이 비 오듯이 쏟아졌다.

오직, 식구를 지키기 위해서 싸워야 했다.

"채주를 되찾아라!"

"돌격!"

"와아아아아!"

"대당국 황제 폐하! 만세!"

"빌어먹을, 만세! 이야아앗!"

울분을 토하면서 성벽으로 달렸다.

그리고 이번에는 후군까지 함께 달렸다.

"돌격!"

더욱 거세게 성벽으로 밀려들었다.

화포의 포각이 맞지 않을 성도로 밀착됐고, 쓸 수 있는 무기는 소총과 화살과 수류탄과 같은 근접 무기에 불과 했다.

계속해서 소총을 발포하고 있었다.

그리고 사다리가 놓이는 곳 아래로 수류탄을 투척하려고 했다.

상자에 가득 실려 있던 수류탄이 하나씩 쓰이면서 어느새 바닥을 드러냈다.

몇 발이 남지 않았을 때 해병 군관이 소리쳤다.

"장군! 수류탄이 바닥났습니다!"

군관의 보고를 듣고 천호장들이 신속히 명령했다.

"비격진천뢰, 대인지뢰까지 모두 사용해! 던져서 터트릴 수 있는 건 모두 써라!"

"알겠습니다!"

임기응변을 부리면서 농성하는 적을 상대하려고 했다.

그들의 명령을 받으면서 해병들이 불붙인 비격진천뢰와 대인지뢰들을 떨어트리면서 징집병들을 공격했다.

쾅! 콰콰쾅!

"흐아악!"

"무…물러나지 마! 버텨! 우리가 빠지면 처자식이 죽는다!"

악을 쓰면서 싸우려고 했다.

이미 온 군사가 밀려들면서 돌아서서 도망칠 수도 없었다.

오직 성벽 위에 오르는 것만이 살아남는 길이었다.

본의 아니게 사력을 다 하게 되었고 해병들의 화력이 조금씩 줄기 시작했다.

"이런! 비격진천뢰 더 없어?!"

"우리 쓰기도 모자라!"

"대인지뢰도 없는데, 제길!"

폭약 무기들이 거의 떨어지고 있었다. 성벽 아래에서 일어나는 폭음들이 서서히 옅어지고 있었다.

해병들이 끊임없이 총격을 일으켰고, 해방군이 계속해서 화살을 쏘아 날렸다. 그러다가 난간 앞에 서 있는 자들이 화살을 맞기 시작했다.

"커헉……!"

가슴에 화살을 맞은 민병이 주저앉았다. 그 모습을 본 해병이 한눈을 팔다가 머리에 쓴 투구가 벗겨졌다.

"우왁!"

놀라서 주저앉았고, 떨어진 투구에 흠집이 생겨 있는 것을 보았다. 엉겁결에 화살을 투구가 막아줬다는 것을 알게 됐다.

곁에서 소총을 쏘던 해병이 넘어진 해병에게 물었다.

"괜찮은가?"

그의 물음에 잠시 멍한 모습을 보였다가 이내 정신을 차리면서 대답했다.

"괜찮네!"

"어서 투구를 쓰게!"

"알겠네!"

투구를 쓰고 소총을 잡고서 일어났다.

총탄을 장전한 뒤 난간에 바짝 붙어서 적을 노렸다.

그리고 방아쇠를 당기면서 총성을 크게 일으켰다.

총탄에 맞은 적이 쓰러지는 것을 봤고, 난간에서 떨어져서 다시 총탄을 장전하려고 했다. 그때 주머니에 탄약이 없다는 사실을 깨달았다. 급히 탄약상자로 움직여서 주머니에 탄약을 채워 넣으려고 했다.

입에서 욕이 절로 나왔다.

"이런, 망할……!"

탄약 상자가 비어 있는 것을 보고 미간이 찌푸려졌다.

멀리서 다른 해병들의 외침이 울려 퍼졌다.

"탄약! 탄약!"

"탄약, 더 없어?!"

여기저기서 다급한 소리가 일어났다.

고개를 든 해병의 눈동자가 흔들렸다.

속이 답답해지는 것을 느꼈다.

공기가 무거워졌는지 숨쉬기가 힘들었다.

죽음에 대한 공포가 뒤늦게 밀려들고 있었다.

궤멸 직전으로 몰리다

벼락이 떨어지듯 울려 퍼지던 폭음이 점점 옅어졌다.

동시에 고려군이 일으키는 천둥소리도 잦아들었다.

성벽 아래에 몰린 수 만 징집병이 아우성 쳤고, 그들의 뒤에서 황군이 고함을 질렀다.

다시 사다리가 성벽 앞에 세워지면서 징집병들을 지휘하는 군관들이 소리를 질렀다.

"지금이다!"

"어서 사다리를 타고 올라가라!"

"놈들의 저항이 약해졌다! 돌아서면 죽음뿐이다! 어서 올라가라!"

그들의 지시에 징집병들이 욕을 뱉었다.

"빌어먹을!"

몹시 떨렸고 두려웠다.

사다리를 타고 오르다가 죽으면 어쩌나 라는 생각이 들었다.

하지만 지시대로 따르지 않으면 그건 그것대로 죽을 수 있었다.

역도와 고려군의 저항이 약해졌고, 틈을 타서 사다리를 타고 오르기 시작했다.

부디 자신에게 폭발하는 막대나 총탄이 날아들지 않기를 바랐다.

하지만 옆구리로 화살이 세차게 날아와서 박혀들었다.

푹!

"커억……!"

화살을 맞은 병사가 크게 신음을 냈다.

사다리를 타고 오르다가 뱃속을 헤집는 충격에 온 힘을 잃어버렸다.

이내 붙잡은 사다리를 놓치면서 떨어졌다.

모인 군사들의 머리 위로 떨어졌고, 그와 부딪친 병사도 크게 충격을 받으면서 쓰러졌다.

신음이 크게 들렸지만 어느 누구도 그들을 살펴보지 않았다.

오직 성벽 위에 오르기 위해서 악을 쓸 뿐이었다.

그리고 성벽 위 해방군 궁수들이 계속해서 시위를 놓았다.

시위를 놓다가 화살통이 비워진 사실을 깨닫게 됐다.

"이런! 화살!"

푹!

"커흑!"

"이보게!"

화살을 찾던 궁수가 낮춘 자세를 풀었다가 성벽 너머에서 날아든 화살을 맞고 쓰러졌다.

어깨 죽지에 박힌 화살을 붙든 채 괴로워했고, 곁에서 함께 하던 궁수가 놀라서 그를 보살폈다.

그리고 화살을 뽑으려고 안간힘을 썼다.

주위 다른 궁수들이 계속해서 화살을 쏘아 날렸으니, 이내 그들의 화살통도 바닥이 나게 됐다.

"화살! 화살이 필요하다!"

성 안을 돌아보면서 크게 외쳤다.

하지만 어느 누구도 그들의 부름에 응답해 줄 수 없었다.

화살이 가득했던 상자가 텅 비어 있었고, 다른 궁수들의 화살통도 바닥나기 시작했다.

어쩔 줄 모르는 궁수들의 모습이 해방군 장수들의 눈에 들어왔다.

장손무기와 이적이 함께 보았고, 급히 보고를 받은 유인원이 두 사람에게 보고를 올렸다.

"화살이 바닥났습니다!"

"뭐라고?!"

"적군이 머릿수를 앞세워서 공세를 높이고 있습니다! 아군만으로는 결코 대응할 수가 없습니다!"

유인원의 보고를 듣고 낯빛이 심히 어두워졌다.

함께 들었던 저수량의 얼굴도 매우 굳어질 수밖에 없었다.

성 밖에는 여전히 몰려온 징집병들이 물결을 일으키고 있었다.

그리고 입성한 후에 곧바로 전투를 치르는 것이기에 화살로 대응하는 것 외에 어떤 수성전 준비도 이뤄지지 않았었다.

오직 화기로 적에게 강한 타격을 입히는 것만이 전부였다.

그리고 희망이었다.

해방군에도 소총을 쏘는 민병들이 있었지만, 진짜는 고려군이었다.

어쩌면이라는 생각으로 고려 장병들을 보았다.

그리고 한 번 더 얼어붙었다.

해병들을 지휘하는 창운에게 부장이 급히 보고를 올리고 있었다.

"탄약이 부족합니다!"

"수류탄은?!"

"수류탄은 이미 바닥났습니다! 비격진천뢰도 모두 썼고 대인지뢰까지 쓰고 있습니다! 화포탄이 남아 있지만 이미 적이 아군 포병의 사각 지대에 들어와 있습니다!"

부장의 보고에 창운이 급히 해병들의 상태를 살폈다.

소총을 든 해병들이 당황하고 있었고, 아마도 모든 총탄을 소진시켜서 어쩔 줄 모르는 것이라고 생각했다.

소신기전도 전부 적에게 쏘아 날린 듯했다.

활 든 기병들도 할 일을 잃은 가운데, 천호장들과 군관들이 급히 지시를 내렸다.

"백병전을 준비해라! 놈들이 성벽 위를 오를 것이다!"

그 순간이었다.

"이런! 어딜 감히!"

푹!

"커헉!"

"기어 올라와서 죽지 말고, 내려가라! 망할 놈들아!"

성벽 위로 오른 징집병의 가슴에 총검을 꽂았다.

총검에 찔린 징집병이 성벽 아래로 떨어졌고 이내 다른 곳에서도 성벽 위로 올라오기 시작했다.

해병들이 그들을 막아보려 했고 성 밖의 적 궁수들이 화살을 쏘아 날렸다.

"화살!"

"이런, 빌어먹을!"

"앞을 봐!"

"우왁?!"

징집병이 휘두른 낫을 엉겁결에 소총으로 막았다.

이내 힘을 쓰면서 몸으로 밀어냈고, 악을 쓰면서 성벽 위로 오른 적병에게 다시 총검을 내질렀다.

"크흡……."

총검에 찔린 징집병이 기침과 함께 피를 토하면서 무릎을 꿇었다.

눈의 초점을 잃으면서 앞으로 쓰러졌고, 그 뒤로 계속해서 적병들이 오르고 있음을 보았다.

이미 다섯 명 이상이 성벽 위에 올랐다.

돌이킬 수 없는 상황이 되기 전에 그들을 성벽 위에서 떨어 트려야 했다.

"놈들을 막아!"

"쳐라!"

"와아아아!"

해병들이 함성을 일으키면서 앞으로 달려갔다.

그리고 성벽 위에 오른 징집병들이 해병들의 돌진을 막으 려고 죽창을 앞세웠다.

이내 서로에게 겨눴던 죽창과 총검이 접히면서 몸이 부딪 쳤고, 서로의 숨소리가 들리는 상태에서 욕설을 하며 밀기 시작했다.

"죽기 싫으면 꺼져! 망할 놈……!"

"버텨라! 크윽……!"

"성 밖으로 밀어내라!"

"우와앗!"

함성과 기합이 계속해서 일어났다.

성벽 위 곳곳에서 일어났고, 곳곳에서 적군이 올라왔다.

해병들이 몸싸움을 일으켰고, 해방군 장병들도 성벽 위로 오른 군사들을 상대하기 시작했다.

그러다가 한 곳이 뚫리게 됐다.

"크학……!"

성루에서 그리 멀지 않은 곳이었다.

사다리에 오르던 적을 막으려다가 도끼를 맞고 목덜미가 끊어진 민병이 쓰러졌다.

그리고 그를 죽인 황군 장수가 소리쳤다.

"어서 성벽 위를 점령하라! 역도들을, 커헉?!"

"장군?!"

따라 오른 황군 장수의 부장이 놀라면서 소리쳤다.

긴 창에 의해 상관의 가슴이 갑옷 째로 뚫려 있었고, 창대를 따라 시선을 옮기자 어떤 이가 창으로 상관을 찔렀는지 깨달았다.

그는 머리에 두건을 쓰고 있었고, 얼굴에 까만 무언가를 쓰고 있었다.

팔을 당겨서 창을 끌어당기자, 이내 상관이 바람 빠진 숨소리를 내면서 쓰러졌다.

피를 토하면서 죽었고, 그를 죽인 자가 온몸으로 기운을 내뿜는다는 것을 알았다.

"이…이놈은……!"

고려군의 상징인 찰갑을 입은 자였다.

그의 긴 팔과 창대가 휘둘러지자 자연히 입에서 비명 소리가 일어났다.

"우와악! 크학!"

"커헉!"

"으아아!"

따라 오른 병사들도 비명을 질렀다.

34

창에 찔린 황군의 군관이 공중으로 떠올랐고, 이내 성 밖으로 버려지다시피 내던져졌다.

성벽 위에 오른 황군 병사는 죽을 자리에 왔다는 생각에 겁에 질리면서 성 밖으로 뛰어내렸다.

그렇게 직접 철창을 들고 나서서 성벽 위의 적을 제압한 창운이 군사들에게 소리쳤다.

"뭐 해?! 어서 사다리를 치워!"

사다리의 갈고리가 난간에 걸려 있었다.

창운이 창으로 가리키면서 소리치자, 그의 뜻을 알아차린 민병이 속히 달려가서 망치질을 했다.

걸린 고리가 뒤로 들리면서 고정이 풀렸고, 이내 균형을 잃게 된 사다리가 옆으로 쓰러지게 됐다.

"사다리가 쓰러진다!"

"으아아아!"

다시 사다리를 오르던 적병이 땅으로 떨어지게 됐다.

떨어진 적병과 사다리를 맞은 징집병들이 신음과 비명을 함께 일으켰다.

몸부림과 함께 아우성을 쳤고, 그 모습을 성벽 위의 민병들이 슬쩍 확인했다.

화살이 있었다면 아래로 쏴서 적군의 수를 한 사람이라도 줄일 수 있었다.

하지만 그럴 수 없었다.

고개를 들자 다른 성벽 위로 오른 적군이 보였고, 그들을 막으려는 해방군 장병들과 고려 해병들이 보이게 됐다.

더 이상 성 밖의 적을 공격할 수 없었다.

"맙소사……!"

이적이 성루 근처를 지킨 창운에게 외쳤다.

"상장군! 적이 성벽 위로 오르고 있소! 놈들을 막아내야 하오! 막아내지 못하면 우린 이곳에서 전멸하게 되오!"

"…….'"

이적이 외치기 전부터 이미 전황이 어려워졌다는 것을 알고 있었다.

화살과 탄약이 바닥났고 폭약류의 무기도 전부 소진된 상태였다.

때문에 병력의 우세를 앞세운 적이 철저히 유리해진 상황이었다.

성벽 위 곳곳에서 혈투가 일어나기 시작했다.

"밀어내라!"

"크악!"

"감히 내게 죽창을 찔러?! 가만두지 않겠다!"

해병들의 찰갑이 그나마 치명상을 입는 것만큼은 막아주고 있었다.

하지만 허벅지와 팔에 부상을 입기 시작했다.

때문에 쓰러지는 해병도 적지 않았다.

부상을 입었음에도 적이 성벽 위에서 자리 잡는 것을 막아야 한다는 생각에 벌떡 일어나고 있었다.

그러한 광경을 멀리서 창운이 보고 있었다.

'이걸 어떻게 막지?!'

포기해도 무방한 순간이었다.

하지만 결코 그렇게 해서는 안 됐다.

반드시 막아야 했고, 적을 상대로 싸워 이겨야 했다.

그래야 살아서 돌아갈 수 있었다.

당 황실과 태후를 응징하는 것보다 군사들과 함께 고려로 돌아가는 것이 매우 중요했다.

이미 몇 명은 그럴 수 없게 되는 것 같았다.

"커헉……!"

"지석아! 이런 죽일 놈들!"

동료 해병의 죽음에 다른 해병이 분노를 크게 일으켰다.

함성이 일어나고 있었고 다른 곳에서는 절규가 크게 일어나고 있었다.

성벽 위를 보다가 성 밖으로 시선을 옮기게 됐다.

여전히 많은 적이 성을 감싸고 있었다.

그리고 멀리 떨어져 있는 적 지휘부를 보게 됐다.

"개 같은 놈들!"

강 건너 불구경 하듯 멀리서 싸움 구경을 하는 듯한 느낌을 받고 있었다.

때문에 속에서 화가 치밀어 오르고 있었다.

그곳에 적장이 있을 것이라는 판단이 들고 있었다.

그때 머릿속에서 문득 생각이 떠올랐다.

'잠깐……?'

번뜩이는 생각에 시선이 성루 아래 가까운 곳으로 향했다.

성문을 뚫으려고 적군이 바짝 붙어 있었다.

그리고 그들은 최대한 밀착해서 총공세를 벌이고 있었으니, 그들을 보다가 시선을 옮기면서 성벽 위에 놓인 화포들을 발견하게 됐다.

더 이상 쓰임새가 없을 것 같던 화포들에게 창운의 시선이 고정되었고, 성 안쪽에서 우는 짐승 소리를 들었다.

히히힝!

"……."

모든 생각과 판단이 끼워 맞춰졌다.

절망의 어둠 속에서 빛을 내는 활로를 발견했다.

그 길이 성루 아래 성문에서 적 지휘부로 연결되어 있었다.

확신이 창운의 눈동자에 가득했다.

활로를 돌파하다

유일한 방법이었다.

그것 외에 어떠한 길도 없었다.

해병 포대장을 찾아 창운이 큰 소리로 명령했다.

"정락!"

"예! 상장군!"

"지금 당장 성문 앞으로 화포를 내려!"

"예?!"

"화포들을 내리라고! 어차피 성벽 위에서 놈들을 상대로 쓸 수 없지 않은가! 기병으로 적 지휘부를 공격할 거니까, 화포 내려!"

"······?!"

포대장이 창운의 명과 설명을 듣고 재빨리 주위를 돌아봤다.

상장군이 말한 지휘부를 보았고, 주위와 성벽 앞의 적군을 살폈다.

그리고 이해했다.

자신에게 내려진 명의 의도를 깨닫고서 크게 소리쳤다.

"알겠습니다! 상장군!"

"조란탄과 사슬탄을 준비해!"

"예! 상장군!"

포대장이 대답하고 포수들에게 지시했다.

탄약이 남아 있는 유일한 화기들이었고, 화포들을 성문 앞에 놓으려고 했다.

고려 포수들의 움직임이 분주해지는 가운데, 창운의 명을 듣게 된 이적이 다가와서 물었다.

"적 지휘부를 공격하겠다니? 성 밖으로 나가서 싸우겠다는 것이오?!"

"그렇소!"

"성문을 열면 적이 성 안으로······!"

"그래서 화포를 놓는 것이오!"

"화포라고?!"

"성문을 여는 순간 적이 안으로 물 밀 듯이 들어오겠지. 하지만 아군의 포격을 그대로 맞고 그대로 휩쓸리게 될 거요. 인마살상력이 높은 사슬탄과 조란탄들이 남아 있으니까 말이오!"

"······?!"

"기병으로 하여금 적의 포위를 뚫고 나가 적장을 죽일 것이
오!"

창운의 설명을 듣고 이적이 재빨리 판단을 내렸다.

고려 상장군이 말한 대로 적 지휘부는 화포탄이 닿지 않을
만큼 멀었지만 기병으로 달려가지 못할 정도로 먼 거리는 아
니었다.

성문을 열고 화포를 쏘면 얼마든지 길을 열 수 있었다.

그리고 포격 받은 적이 휩쓸리고 나면 1천 기에 달하는 기
병으로 얼마든지 뚫을 수 있었다.

무엇보다 창운의 창이 필요한 순간이었다.

창운의 무력이 얼마나 강한지 이적이 정확하게 알고 있었
다.

그가 창운에게 당부했다.

"빨리 사로잡으시오!"

"알겠소!"

"최대한 버텨보겠소!"

이적이 창운에게 약속하면서 무운을 빌었다.

그리고 창운도 해방군의 분전을 소망하면서 반드시 적장을
죽일 것이라고 다짐했다.

호랑이를 잡기 위해서 호랑이 굴로 가야 했다.

속히 기병대장에게 명령을 내렸다.

"석삼!"

"예! 상장군!"

"기병들에게 쓸데없는 짓 시키지 말고 기승하라고 명해! 성 밖으로 나가서 적 지휘부를 궤멸 시킨다! 성문을 열면 화포로 포격할 거니까, 준비해!"

"알겠습니다!"

창운의 명을 이내 이해하면서 휘하 기병들에게 기승 명령을 내렸다.

명을 받은 기병들이 속히 내려가서 군마를 준비하는 사이, 포수들은 화포를 분리시켜서 성문 앞에 내려놓고 다시 조립해 포각을 조정했다.

최대한 지면과 비슷한 각도로 맞추려고 했다.

그리고 포탄이 담긴 상자들을 가지고 와서 화포를 장전하기 시작했다.

포수들과 기병들이 빠진 빈자리를 해방군과 해병들이 메우기 시작했다.

"절대로 밀리지 마라!"

"와아아아!"

함성이 일어났다.

분전을 이루는 민병들과 해병들을 성벽 아래에서 기병들이 올려다봤다.

그리고 한 손에 고삐 줄과 다른 한 속에 창을 꽉 쥐었다.

창운도 철창을 고쳐 잡으면서 준비를 마쳤다.

성문 앞으로 내려온 포대장에게 명을 내렸다.

"포격을 준비해라! 성문이 열릴 거다!"

"예! 상장군!"

창운의 명을 듣고 포대장이 포수들에게 외쳤다.

"뇌관 삽입!"

"뇌관 삽입!"

"방아 끈 잡고 대기! 성문이 열리고 명령이 있을 때까지 기다려라!"

엄명을 포수들이 받들면서 방아 끈을 잡았다.

바짝 긴장한 상태에서 성문을 노려봤고, 성문 앞에 선 민병들이 문을 열어주기를 기다렸다.

온 포수와 기병들이 적을 공격할 준비를 하는 가운데, 성문의 버팀목이 치워지고 문이 열리게 됐다. 그리고 문을 연 민병들이 황급히 안쪽으로 달렸다. 성문이 열리자 앞에 몰려 있던 황군과 징집병들이 소리쳤다.

"서…성문이 열렸다!"

"무슨 일이야 대체?!"

"뭔지 모르겠지만 일단 성 안으로 진격해야 돼!"

"돌격!"

"와아아아!"

성문이 열리자 황군 장수와 군관들이 일제히 돌격 명령을 내렸다.

명령을 들은 징집병들이 함성을 일으키면서 안으로 뛰어들었다. 그리고 눈앞에 펼쳐진 풍경들을 보게 됐다.

"헉?!"

"이런!"

성문 앞에 고려의 천자포가 방렬되어 있었다.

포수들을 지휘하는 군관들이 크게 소리쳤다.

"발포하라!"

뻐벙!

쾅!

"흐아악!"

"조란탄도 발포하라!"

뻐벙!

포성이 크게 일어나자 주위 모든 사람들의 귀가 먹먹해졌다.

성 안으로 뛰어들던 거의 모든 징집병들이 정신을 잃었다. 아니, 사람이라 여길 수 없는 모습으로 변했다.

사슬로 엮인 포탄들이 발포되면서 성문 앞에 있던 황군과 징집병들의 신체를 끊어놓았다.

그리고 포구에서 튀어나간 금속 구슬들이, 백 보 넘는 거리 안의 모든 사람들을 꿰뚫었다.

어떤 이는 머리에 구슬을 맞고서 즉사했고, 어떤 이는 팔과 허벅지에 구슬을 맞으면서 괴로워했다.

또한 어떤 이는 복부에 구슬을 맞고 피를 토했다.

"커헉……."

"마…맙소사……."

휩쓸리지 않은 자들이 얼어붙었다.

성안으로 진격했던 자와 그 뒤에 있던 자들이 쓰러지고, 주위 황군과 징집병들의 모든 소리가 죽게 됐다.

오직 고려 기병대의 함성과 말발굽 소리만 울려 퍼질 뿐이
었다.

"지금이다! 돌격!"

"상장군을 따르라!"

"적을 돌파해서 지휘부를 공격한다! 대고려국 만세!"

"만세! 와아아아!"

철창을 쥔 창운이 선두에서 달렸다.

그 뒤로 해병 기병들이 고삐 줄을 튕기며 힘차게 달렸다.
조란탄을 맞고 쓰러진 황군 병사가 허우적거렸고, 그의 가슴
위로 육중한 군마의 발굽이 내려 찍혀지면서 뼈가 부서지게
됐다.

때문에 단말마조차 지르지 못했다. 말발굽에 짓밟히는 모
든 징집병들의 신체가 넝마가 되었다. 심지어 말 근육에 부
딪친 황군 병사들도 마찬가지였다.

"우왁!"

"크학……!"

황군 장수가 다급히 병사들에게 지시했다.

"적 기병이 빠져나온다! 놈들을 막아야 한다! 물러나서 창
으로……!"

미처 명을 다 내리기 전이었다.

"커헉……?!"

"장군?!"

"어흑……!"

"시끄러워! 망할 자식!"

군령을 내리던 장수에게 창운의 철창이 내질러졌다.

그의 몸이 창과 함께 들렸고, 이내 멀리 떨어진 황군의 머리 위로 내던져졌다.

그 모습을 본 모든 황군의 눈이 번쩍 커졌고, 더 이상 고려 기병들의 돌진을 막을 수 없게 됐다.

근처에 다가가면서 여지없이 창끝에 찔리면서 갑옷 째로 뚫려 버렸다. 해병 기병들이 나간 후에 이적이 직접 민병들에게 명했다.

"성문을 막아라!"

방진을 취하고 몸싸움을 벌이면서 적의 돌진을 막으려고 했다.

동시에 기병들이 적 대군을 완전히 돌파해서 넓은 땅으로 나왔다. 적 지휘부가 있는 곳으로 달리기 시작했고, 그 모습을 손인사와 당군 장수들이 목격했다.

기막힌 시선으로 손인사가 돌진하는 기병들을 봤다.

"뭐…뭐야, 저놈들은……?!"

부장이 다급히 소리쳤다.

"놈들이 이쪽으로 오고 있습니다!"

"뭐?!"

"전황을 뒤집으려고 장군과 지휘부를 노리는 것 같습니다! 적 기병을 막을 수 있는 병력이 지휘부에 없습니다! 장군!"

"……?!"

"지금 즉시 피하셔야 됩니다!"

부장의 보고에 손인사의 온 얼굴이 굳어졌다.

채주성을 함락시키고 역도들과 고려군을 반드시 궤멸 시키겠다는 각오로써 전군에게 진격 명령을 내렸었다.

때문에 지휘부의 방어가 엷어질 수밖에 없었다.

3천 넘는 군사가 지휘부를 지키고 있었지만 대다수가 보병이었다.

달려오는 기병을 막을 수 없었고, 그래서 피하는 게 상책이었다. 자신과 장수들은 말을 타고 있었기에 전력으로 달리면 달려오는 기병들을 떨어트릴 수 있었다.

하지만 그것은 도망치는 것과 같았다. 잘못하면 성을 공략하는 전군이 통째로 흔들릴 수도 있었다. 아직 성벽 위에 제대로 된 교두보조차 확보하지 못했었다. 그런 때에 한 장수가 나서서 손인사에게 말했다.

"소장이 적장을 상대해보겠습니다!"

"자네가 말인가?"

"적장만 죽인다면 나머지 적의 기세가 죽을 것입니다! 적장을 죽여 장군과 지휘부를 지키겠습니다! 이럇!"

고삐를 튕기며 달려 나갔고, 허리에 차고 있던 큰 칼을 뽑아들었다. 그는 지휘부를 지키는 호위장이자 홀로 수백 군사를 상대할 수 있는 강자였다.

달려 나가는 호위장이 부디 달려오는 기병대의 장수를 죽이기를 바랄 뿐이었다. 그래야 자리를 지킬 수 있었고, 채주 공략을 계속 벌일 수 있었다. 잠시 후 자신 있게 나간 호위장과 선두에 선 기병대장이 맞붙었다.

끄악……!

"으으으……!"

"맙소사, 장군께서……!"

"어떻게 이런 일이……?!"

"……?!"

멀리서 비명이 울려 퍼졌고, 달려 나간 호위장의 몸이 공중으로 떠올랐다.

긴 창에 뚫려서 허공 위에서 버둥대다가 떨어졌으니, 그를 죽인 자가 창을 휘두르면서 창날과 창대에 묻은 피를 털어내면서 달려오고 있었다. 그 기운과 살기가 실로 전장을 뒤덮기에 부족하지 않았다. 가까이오자 그의 머리에 두건이 씌워져 있다는 것을 알게 됐다.

그리고 창에서 푸른빛이 감돌고 있다는 것을 깨달았다. 기병들을 이끌고 나온 자가 누구인지 손인사가 알아봤다.

"설마, 창운인가?!"

고려 상장군의 위명이 만천하에 널리 알려져 있었다.

손인사에게 창끝을 겨눈 창운이 크게 함성을 일으켰다.

"살아서 빠져나갈 꿈은 절대로 꾸지 마라!"

호위장을 믿은 결과물이었다.

급히 검을 뽑았지만, 냉기를 뿜어내는 창운의 철창이 훨씬 빨랐다.

창운의 손에서 벗어난 창이 수십 보를 가로질렀다.

손에 들린 검이 힘없이 떨어져서 땅 위에 박혔다.

당군의 반격을 물리치다

손인사의 부장이 다급히 소리쳤다.

"적 기병이 온다! 전투준비!"

"방진을 취해라!"

황군 장수들과 군관들이 지휘부 병사들에게 명령했다.

명령을 받은 병사들이 방패를 세우고 그 위에 검을 얹으면서 달려오는 기병을 막으려 했다.

비스듬히 세운 검에 적군과 군마가 찔려서 죽기를 바랐다.

하지만 창으로도 쉽게 막기 힘든 기병이었다.

마갑을 착용한 기병은 말할 필요도 없고, 보통의 기병을 상대로도 살아남을 수 있을지 의문이었다.

죽을 것이라는 두려움에 세워진 방패와 온 검 끝이 흔들렸다.

천지를 진동케 하는 말발굽 소리에 맞춰서 심장이 가쁘게 뛰며 숨쉬기가 힘들었다.

이내 거리가 좁혀졌고, 달려오는 자들의 모습을 면밀히 볼 수 있게 됐다.

찰갑을 착용하고 있었다.

그리고 무장도 충실했다.

척 봐도 역도들의 기병이 아닌, 삼족오기를 휘날리는 고려 기병이었다.

그중 가장 앞에서 달리는 자의 기운이 남달랐다.

'막아야 한다!'

선두에서 달려오는 자의 정체를 짐작했다.

그가 소문대로의 인물이라면 능히 만 명의 군사를 상대할 수 있는 자였다.

때문에 반드시 피해야 했다.

아니, 피할 수 없었다.

그럴 수 있는 여유조차 없었다.

직선으로 그와 기병들이 달려오고 있었고, 그 전에 지휘부를 버리고 피하면 성을 공략하는 전군마저 함께 무너질 수 있었다.

자리를 지켜야 했고 검을 뽑아들면서 싸우려고 했다.

검을 검집에서 막 뽑았을 때, 눈앞에서 푸른빛이 번쩍이는 것을 보았다.

직후에, 가슴에서 강한 충격이 일어나는 것을 느꼈다.

"크흡?!"

"장군?"

"……."

"장군…? 장군?! 장군!"

부장의 외침이 귓속에서 메아리가 됐다.

그의 목소리가 점차 환청처럼 들리는 가운데, 가슴에 생긴 묵직함이 이내 뜨거움으로 바뀌었고 심한 고통으로 변했다.

아니, 고통은 잠시였다.

고통 또한 귓속을 파고드는 소리처럼 희미해졌다.

온몸에서 힘이 빠져나가는 것을 느꼈고, 스스로에게 무슨 일이 일어났는지 알아보려고 했지만 알 수 없었다.

어째서인지 몸이 지면에 붙어 있는지 의문이었다.

그리고 더 이상 생각할 수 없었다.

팔 하나가 들어갈 수 있을 만큼의 구멍이 손인사의 가슴에 나 있었다.

그것을 본 부장과 장수들이 얼어붙었고, 고려 기병들을 맞은 군사들의 비명소리가 들렸다.

"우왁!"

"아악!"

군사들의 비명에 정신이 번쩍 들었다.

감으로 무장한 병사들의 허약한 방진을 고려 기병들이 뚫고 들어왔다.

곧장 장수들이 있는 곳으로 달려왔다.

"빌어먹을!"

울분에 찬 부장과 장수들이 검을 뽑고 함께 맞서 싸우려고
했다.

그리고 가장 앞에서 달리는 자와 부딪혔다.

다른 모든 기병이 창을 든 채로 달려온 가운데, 오직 그 자
만이 검을 들고 있었다.

아무래도 그 자가 상관을 향해서 창을 던진 듯 했다.

던져진 창에서 빛났던 푸른색 기운이 검 날에서도 빛나고
있었다.

매우 위험한 기운이라는 것을 순간적으로 깨우쳤다.

하지만 이미 늦은 상태였다.

검이 갈라지고, 시야 아래 목 언저리에서 사라졌다.

비명을 지를 사이도 없었고, 세상이 빙글빙글 돌아가는 것
을 보면서 정신을 잃었다.

맞서려던 황군 장수와 군관들이 부장의 죽음을 보면서 놀
랐다.

"이런 일이…! 크악!"

"커헉!"

무예가 뛰어난 고려 기병들이 달려들었다.

검격을 피하고 창을 내지르면서 황군 지휘부 장수들을 말
위에서 떨어뜨렸다.

그리고 말발굽으로 짓밟으면서 더 이상 명령할 수 없게 만
들었다.

지휘부에 속한 군관들도 기병들의 돌진에 휩쓸리면서 엎어지고 깨졌다.

"아악!"

"크학……!"

가슴이 부서지면서 피를 토하였다.

그 모습을 지휘부 병사들이 보면서 겁에 질렸고, 무기를 버리면서 도망치기 시작했다.

기병이 빠르다는 것을 알고 있었지만 그런 생각조차 할 수 없었다.

그리고 그것은 무덤을 파는 일이었다.

"항복한 적들만을 살려라! 항전하는 적과 도망치는 적은 절대로 살려두지 마라! 적을 완전히 궤멸 시켜라!"

"예! 장군!"

기병대장의 명에 기병들이 대답했다.

군마를 이리저리 몰면서 방패를 든 적병에게 말 앞발로 쓰러트렸다.

그리고 창으로 병사들을 죽이고 당나라 말이 가능한 기병들이 큰 소리로 외쳤다.

"항복해라!"

"무기를 버리고 손을 높이 들면 살려주겠다!"

"도망치면 후에 싸우겠다는 뜻으로써 받아들이겠다!"

그들의 외침에 귀를 열고 있던 황군 병사들이 황급히 무기를 버렸다.

"어서 무기를 버려!"

"듣고 있다간 죽을 거야! 멍청하게 굴다가 괜히 죽지 말라고!"

당황하는 옆 병사에게 말하면서 항복의 뜻을 밝혔다.

살아남은 병사들의 수나 기병들의 수가 비슷했지만 의미 없는 일이었다.

기병이 훨씬 강했고, 그들을 이끌고 성 밖으로 나온 장수는 훨씬 강했다.

창운이 들고 있던 검을 허리춤의 검 집으로 밀어 넣었다.

그리고 손인사를 꿰뚫고 땅에 박힌 자신의 철창으로 다가 갔으니, 그 창을 다시 들고 손인사의 시신 앞으로 다가섰다.

그가 명령하던 것을 멀리서 보았고, 틀림없이 적장을 죽였 다고 창운이 판단했다.

돌아보자 채주성이 여전히 전투 중이었다.

하지만 함성이 많이 줄어들어 있었다.

아마도 성문을 열고서 나간 자신과 기병들 때문이라고 생 각했다.

지휘부가 공격받는 순간에서부터 더 이상 공성에 집중하지 못했을 것이 분명했다.

성벽 앞에 있던 징집병들의 어안이 벙벙해졌다.

"지금… 무슨 일이 일어난 거야……?"

"성안에서 튀어나간 적 기병들이 아군 지휘부를 공격했 어."

"장군께서 피하시는 것을 못 봤는데… 어떻게 된 거야?"

황군 장수와 군관들도 마찬가지였다.

때문에 성벽에서 일어나던 치열한 전투가 일시적으로 중단되다시피 했다.

성벽 위에 있던 민병들과 해병들도 싸우던 것을 잠시 멈추고 적 지휘부를 공격한 해병 기병대를 보았다.

그들의 모든 시선을 받으면서 창운이 죽은 손인사를 가리키면서 명령했다.

"이 자가 적장이다. 적장의 머리를 깃대에 올리고 한 바퀴 돌아. 그러면 적이 자신들의 상관이 어떻게 됐는지 깨닫게 될 거다. 더 이상 채주를 공격하는 것은 무의미한 일이다."

"예! 상장군!"

창운의 명을 기병대장이 받들었다.

신속히 기병 군관들에게 지시했고, 손인사의 수급을 베어서 떨어진 황군 지휘부의 깃대 위에 걸었다.

그리고 당나라 말이 가능한 군관 하나와 기병 넷이 함께 움직이면서 성을 공격하던 적군 앞으로 달려갔다.

깃대에 달린 수급을 보여주면서 적장이 죽은 사실을 알려줬다.

"대고려국 상장군이진 창운 장군으로부터 네놈들의 상관이 일합에 목숨을 잃었다!"

"저항하지 말고 항복해라! 무기를 버리고 항복하면 살려줄 것이다!"

"곧 지원군이 올 것인즉! 항전을 벌이거나 도망치게 되면 죽음을 면키 어려울 것이다!"

"더 이상 어리석은 죽음을 택하지 마라!"

적군의 바깥을 돌면서 큰 소리로 외쳤다. 그 말을 들은 황군 장병들과 징집병들이 크게 술렁이게 됐다.

"장군께서… 고려 상장군에게 전사하셨다고……?"

"말이 돼? 아무리 장군께 고려 기병들이 달려 들었다고 해도……."

믿기 힘든 말이었다.

그래서 깃대를 유심히 살펴보았다.

반 쯤 감긴 눈으로 눈동자를 치켜든 수급이 깃대 높은 곳에 걸려 있었다.

그리고 수급의 정체를 이내 황군 장병들이 깨닫게 됐다.

"저…정말이다!"

"장군께서 고려 놈들에게 전사하셨어!"

"어…어떻게 이런 일이……!"

"맙소사!"

충격과 경악이 한 번에 쏟아져 나왔다.

그 충격이 너무나 커서 한동안 멍하니 상관의 수급과 그것을 달고 달리는 고려 기병을 보아야 했다.

그리고 조금 지나서야 제정신을 차릴 수 있었다.

제정신을 차린 후에 지휘부가 궤멸된 사실을 깨달았다.

계속 전투를 치러야 되는지에 대해서 징집병들이 이야기했다.

"설마 계속 싸워야 하는 건가……?"

"장군께서 전사하셨는데?"

"그러면 항복해야 돼?"

"그렇게 하는 것이 낫지 않을까? 무기를 버리고 항복하면 살려준다고 하니까… 듣기로 놈들을 함부로 포로들을 죽이지 않는다고 들었어. 소문이 파다해."

어떤 치열한 전투라 하더라도 세운 원칙을 흐트러트리지 않았었다.

때문에 훨씬 전부터 소문이 돌았고, 오랫동안 돌았던 소문으로 인해 전투에 져도 살 수 있다는 희망을 가질 수 있었다.

이미 마음에서부터 고려의 모든 것을 믿고 있었다.

"무기를 버려라! 어서!"

"금릉군과 고려군에게 항복한다!"

"놈들에게 오해를 불러일으키는 행동을 하지 마라!"

성벽 위에 오른 황군의 군관이 징집병들에게 소리쳤다.

그의 지시를 받고 징집병들이 손에 들고 있던 무기를 내려놓았다. 검과 식칼, 죽창 등 갖은 무기들을 버리면서 손을 들었다.

그리고 몸싸움을 일으켰던 민병과 해병들에게 자신들의 신병을 맡겼다. 물론 고려군의 약조를 믿지 않고 통제를 따르지 않는 군사들도 있었다. 황군 장수 한 사람이 휘하 군사들에게 후퇴 명령을 내렸다.

"후퇴! 후퇴! 적 성에서 물러나라!"

아직 20만 대군이 남아 있었다. 비록 상관이 죽고 지휘부가 궤멸되었지만 20만 대군이 일제히 물러나면 1천 기의 고려 기병도 어쩔 수 없을 것이라고 생각했다. 하지만 그 자신들이 소수일 것이라는 것을 생각하지 않았다.

"뭐야?!"

"어째서 안 와?!"

함께 물러나야 할 징집병들이 성 앞에 머물러 있었다.

또한 대다수 황군도 남아서 투항의 뜻을 밝히고 있었다. 그들은 그저 상관의 명을 따랐을 뿐이었다.

황실의 거짓과 태후의 폭정에 대해서는 마음 속 깊은 곳에서부터 거부하고 있었다.

때문에 상관이 죽고 자신들의 신념대로 길을 택하고 있었다. 황실에 충성을 바치는 자들이 물러났고, 그대로 고려 기병들의 진격을 맞이했다.

"마…막아라!"

"아아아!"

비명 소리가 채주 하늘 위에서 크게 울려 퍼졌다.

도주를 시도한 자들 중에서 살아남는 자들은 거의 없었다. 오직 몇 명만이 채주에서 벗어날 수 있었다.

나머지는 항복해서 고려군과 이적의 민병들로부터 통제를 받기 시작했다. 수에서 훨씬 많았지만 작은 반항조차 하지 않았다. 민병과 고려 해병들로부터 감시를 받다가, 그들을 도우러 온 지원군을 보았다.

무수한 수레와 함께 채주에 이르렀다.

대군을 요청하다

　여느 고려군처럼 찰갑을 착용하고 있었다.

　하지만 옷차림이 조금 달랐으니, 그들은 고려군으로 불리면서도 군사들이 아닌 자였다.

　고려 상단에 속해 있었고, 평화 시에는 상단을 지키는 임무에 충실한 자들이었다.

　그러나 전쟁 시에는 나라와 백성을 위해서 목숨을 바칠 수 있었다.

　그런 자들이 줄지어 선 수레에서 군량들을 내렸다.

　또한 물이 담긴 동이들을 조심스럽게 내렸다.

　앞으로 해병과 민병으로 불리는 자들이 모여 들어 물을 마셨다.

박으로 뜬 물을 한 모금 마시고 하나같이 얼굴을 찡그리면서 속 시원함을 느꼈다.

"어후!"

"이제야 살 것 같네!"

성 안의 우물에 독이 풀려서 제대로 물을 마시지 못했다.

때문에 심한 갈증을 느꼈고 배고픔마저 느껴야 했다.

지원군과 보급이 채주에 도착하면서 성을 지키던 해병들과 민병들이 음식을 먹고 물을 마셨으니, 이는 그들에게 붙들려 있던 포로들도 마찬가지였다.

20만 명에 육박하는 포로들이 4만 군사에 사로잡혔다.

일부 황군과 황실에 징집 된 백성들이 바짝 긴장한 상태에서 물을 마시고 음식을 먹었다.

급한 대로 만들어진 주먹밥이었지만 그것으로도 충분히 만족할 수 있었다.

성벽 아래에서 농성을 벌였었던 징집병들이 주먹밥을 먹으면서 서로에게 이야기 했다.

"뭔가, 황제 폐하를 위해서 싸울 때보다 잘 먹는 것 같아."

"그러니까."

"포로가 되기 전에 하루 한 끼 먹으면 다행인데, 이렇게 하루 최소 두 끼씩 챙겨주다니……."

"고려 백성들이 어째서 고려왕에게 충성을 바치는지 알 것 같아."

"태왕이라고 해야 돼."

"알아, 하지만 입에 붙어 있는 것을 어떻게 해. 그리고 백성을 위하는 충신인 천군이 고려에 있어. 천군을 비롯한 충신들과 고려 태왕이 있기에 백성들이 풍족한 거야. 그런데 우리에게는 없어……."

"……."

주먹밥을 먹다가 자신들과 고려 백성들을 비교하였다.

당나라와 고려를 비교하면서 대국의 백성으로서의 자존심이 뜯겨져 나가는 것을 느꼈다.

아니, 찢어질 자존심이라도 있을까라는 생각이 들었다.

백성을 위한 군주와 신하들이 자신들에게 없다는 사실을 알고 무거운 마음을 느꼈다.

착잡한 기분으로 손에 든 주먹밥을 가만히 내려다봤다.

그러다가 시선을 옮기면서 고려 장수와 함께 선 사람을 보았다.

그는 장손무기였다. 또한 이적과 저수량 등이 함께 있었다. 세 사람을 금릉 군사들과 백성들이 따르고 있었다.

그때 한 포로가 친우들에게 이야기 했다.

"이렇게 항복했는데 우리 가족을 죽이지 않을까……?"

매우 근심하면서 말했고, 굳은 표정을 짓고 있는 친우에게 다른 포로가 말했다.

"장군께서 전사하시는 패배를 겪었는데 어쩔 수 없는 거 아냐? 항복하지 않고 도망 쳤어도 결과는 같아. 오히려 고려군이 쫓아와서 우릴 죽였을 테니까."

"……."

"어차피 우리 한 사람 한 사람마다 죽었는지 살았는지도 모를 텐데, 식구들을 죽이기는 쉽지 않을 거야. 그러니 이렇게 된 거 배라도 불리는 게 나아."

현실적인 판단을 내릴 수 있는 포로였다.

그의 이야기를 듣고 친후 포로들이 고개를 끄덕였다.

딱히 가족을 구하기 위한 해결책이 없는 상태에서 고려군이 주는 물과 양식이라도 제대로 먹고자 했다.

그렇게 배를 불리면서 민병과 해병들의 통제를 받았다.

줄서서 주먹밥을 받고 있는 포로들의 모습을 창운이 멀리서 보고 있었다. 그때 곁에서 인기척이 나자 창운의 시선이 잠시 옆으로 향했다가 다시 포로들에게로 향했다.

안련이 창운 곁에 서서 함께 포로들을 보았다.

바람이 불자 그의 긴 머리카락이 버드나무 가지처럼 흩날렸다.

그리고 멈추자 안련이 옅은 미소를 지으면서 창운에게 말했다.

"희생이 크게 날 수 있었는데 적어서 다행입니다."

"그러게 말이다."

"전사자가 14명이라고 들었습니다. 부상자는 100명이 조금 넘지만 말입니다. 탄약이 떨어진 상태에서 사상자가 그만하길 참으로 다행입니다."

안련의 말에 창운이 잠잠히 있다가 이야기 했다.

"천행이지."

"형님께서 하신 일입니다. 위기 속에서 적 지휘관을 노리는 지혜로 결단하셨습니다."

"지혜와 결단이라기 보단, 할 수 있는 게 그것 밖에 없었어. 그리고 적장을 죽여도 적이 싸우려 했다면 우리가 전멸했을 거다. 다행히 적이 억지로 싸워서 포기하는 바람에 살아남을 수 있었지만, 우리가 전장을 제대로 통제한 것은 아니야. 그래서 천행인 거야. 이 일은 분명히 하늘이 도왔어."

어쩌면 스스로를 칭찬할 수도 있는 상황이었다.

하지만 결코 자신에게 관대한 모습을 보이지 않았다.

그런 창운을 보면서 안련의 미소가 더욱 짙어졌다.

그리고 진지해졌다.

주위 성들로부터 들려오는 소식들이 있었다.

그것에 관한 정보를 상관인 형에게 알려줬다.

"허창과 남양까지 청야가 이뤄졌다 합니다. 양식은커녕 식수조차 쉽게 구할 수 없는 상태입니다."

"당나라 백성들이 매우 힘들겠군."

"우리를 막기 위해서 고육지책을 쓴 것 같습니다. 그리고 백성들을 총동원한 것 같습니다. 내년에 농사짓는 것은 둘째로 치고서 말입니다. 아마도 적군은 못해도 수백 만 대군은 될 것입니다."

낫이나 죽창이라도 들면, 그 즉시 싸울 수 있는 병사로 여겨질 수 있었다.

그런 백성들이 수백 만 명이었다.

그리고 그 수는 충분히 위압을 느낄 수 있는 수였다.

항복한 포로들처럼 힘없는 백성이기도 했지만, 그렇게 되기 위해선 적어도 한 번 이상의 전투가 필요했다.

혹은 싸우지 않고 적을 항복시킬 수 있을 정도의 위압이 필요했다.

전처럼 탄약이 모두 떨어지는 불상사도 반드시 막아야 했다.

그런 목표로써 창운이 포로들을 보면서 곰곰이 생각했다.

그리고 안련에게 이야기 했다.

"만약, 형님이시라면 어떻게 했을까?"

"큰 형님을 말씀입니까?"

"지금 상황에서 빠르게 진격할 수는 없으니까. 적도 청야 전을 감수할 만큼 모든 것을 걸고 있어. 심지어 모든 백성들까지 징집하고 징발하면서까지 말이야. 아군이 밀릴 일은 없겠지만, 속전을 벌이면 이번처럼 위험해질 수도 있어."

창운의 말에 안련이 잠시 주위를 돌아봤다.

포로들과 해방군과 해병들을 한 번씩 보고 이야기 했다.

"전략을 바꿔보시는 것이 어떻겠습니까?"

"전략을 바꾼다고?"

"속전속결이 유일한 전략은 아닙니다. 물론 최소한의 피해로 싸워 이길 수 있다면 그래야겠지만, 그것이 오히려 군의 패배를 유도한다면 포기하셔야 됩니다."

"……."

"여긴 당나라고 얼마 전만 하더라도 천하제일이라 불렸던 대국입니다. 드넓은 땅에 10만 대군도 동원하지 않고 싸워 이길 순 없습니다. 설령 이 나라 백성들이 우릴 도와준다 하

64

더라도 말입니다."

"……."

"큰 형님께서는 언제나 승리를 최우선 목표로 두셨습니다. 최소한의 피해는 두 번째이셨습니다. 물론 늘 크게 싸워 이기시고 항복하는 적군을 반드시 살리셨지만, 최고 목표가 바뀌었던 적은 없습니다. 속전보다 확실하게 이길 수 있는 방법이 필요합니다."

안련의 이야기를 듣고 창운이 고개를 끄덕였다.

그리고 큰 형이었다면 어떻게 싸웠을지 냉철히 판단해 보았다.

싸워 이기는 게 우선이었고 피해를 줄이는 것은 두 번째였다. 장안으로 진격하는 본래의 전략도 살피면서 이야기했다.

"당 황실에 맞서는 백성들로부터 도움을 받기로 했었지. 해방군의 군세를 불리는 것도 아군의 전략 중 하나였어. 우리가 이 땅을 통제하는 것보다, 황제와 태후에게 맞서는 이 나라 백성들이 통제하는 것이 훨씬 나으니까."

"순리에도 합당합니다."

"영국공과 조국공에게 이야기를 해서 포로들을 해방군에 합류 시켜야겠어. 그리고 평양으로 연락선을 띄워. 거짓과 오만을 갈아엎는 천하대세에 힘을 실을 거야. 대군을 준비해서 수로를 통해 진격할 거다."

"알겠습니다. 형님."

잠시 진격을 멈추기로 했다.

적이 모든 수단을 동원한 만큼, 맞설 수 있는 힘을 기르고 전열을 재정비하기로 했다.

그리고 몇 만 명에 불과한 해방군의 규모를 좀 더 키우고자 했다. 남쪽에서 동맹들이 북진하고 서쪽에서 토번이 동진하고 있었지만, 합세하는 것은 먼 훗날의 일이었다. 숨겨두었던 조국의 진정한 힘이 필요했다.

창운의 지시를 따라서 평양으로 안련이 연락선을 보냈다. 안학궁에 전령이 이르렀고, 편전에서 해정이 보고문을 받았다.

창운이 보낸 소식을 읽으면서 양만춘에게 물었다.

"당군이 청야전을 벌였다는데 혹시 아십니까? 군에 대해서는 짐이 잘 모르기에……"

해정의 물음에 양만춘이 차분한 말투로 알려줬다.

"백성을 소개하고 점령지를 아예 쓸 수 없도록 만드는 전술입니다."

"점령지를 아예 쓸 수 없도록 만든다고 말입니까?"

"전에 고려에서도 벌인 적이 있습니다. 수백 만 대군을 동원했었던 수나라를 상대로 말입니다. 군량을 수거하고 고을에 불을 지르기도 했습니다. 그리고 우물에 독을 타서 함부로 물을 쓸 수 없도록 만들었습니다."

"……"

"청야전이 펼쳐지면 점령이 불가능하기에 진격을 위해서는 몇 곱절의 노력이 필요합니다."

양만춘의 이야기를 듣고 해정이 고개를 끄덕였다.

군에 대해 자세한 것을 몰랐지만, 당나라 반군인 해방군과 해병들에게 장애가 생겼다는 것을 알았다.

그리고 그들에게 지원군이 필요하다는 것을 깨달았다.

보고문에 쓰여 있었다. 온 백성을 당나라가 동원하면서, 상장군인 창운이 대군 지원을 요청하고 있었다.

그러한 요청에 해정이 양만춘에게 물었다.

"얼마나 많은 지원군이 필요합니까?"

양만춘이 대답했다.

"많으면 많을수록 좋습니다."

"우리도 백성들을 동원합니까?"

"백성들을 동원하지 않고 싸워 이길 수 있다면 그렇게 하셔도 될 것입니다. 하지만 지금 상황에선 분명히 적에게 유리할 수 있는 변수가 있습니다."

"변수라면……."

"조금 전에 폐하께서 말씀하셨던 청야전과 보고문에 쓰여 있는 당의 징집병들입니다. 힘없는 백성과 다를 바 없지만, 수에서 앞서면 없던 용기도 생겨나는 법입니다. 항복하지 않고 전투를 치르게 되면……."

"피해가 커지겠군요."

"아군 피해도 커질 수 있지만 당 백성들의 피해가 어마어마해질 것입니다. 우리가 이긴다는 전제 하에 말입니다. 때문에 요서에 주둔하고 있는 아군 외에 더 많은 군사들이 필요합니다. 수에서도 적에게 앞서면서 두려움을 주셔야 됩니다."

"……."

"이미 당나라는 모든 것을 걸었습니다. 따라서 우리에게는 기회일 수 있습니다. 우리도 모든 것을 건다면, 적은 어떤 식으로도 대응할 수 없습니다."

목에 힘을 주면서 양만춘이 말했다. 그의 말을 듣고 해정이 곰곰이 생각하다가 고개를 끄덕였다.

그리고 양만춘에게 다시 물었다.

"얼마나 동원할 수 있습니까?"

그녀의 물음에 양만춘이 차 한 모금을 마시고서 대답했다.

"백 만, 이상입니다."

"백 만, 이상……."

"폐하께서 명하시면 즉시 백성들을 동원할 수 있습니다. 그리고 당나라와 다를 것입니다. 10만 정의 소총으로 당장 대군을 무장 시킬 수 있으니까 말입니다. 또한 30만 명은 화기와 폭약을 제외한 모든 무기로 무장할 수 있습니다. 나머지는 무기를 대량으로 제작해서 무장 시킬 것입니다."

자신하면서 이야기했다. 당나라는 무너지고 있었고, 고려는 앞으로도 계속 승천할 나라였다.

그 사실을 양만춘이 해정에게 알려주고 있었다.

국력을 동원하다

양만춘의 이야기를 듣고 해정이 되물었다.

"당장 40만 명을 무장 시킬 수 있는 것입니까?"

"예. 폐하. 100만 명을 동원하여, 40만 명을 무장 시킬 수 있습니다. 그리고 지금 당장 10만 명을 당나라로 보낼 수 있습니다."

"그리고 무기를 제작하게 되면……."

"청해 상단을 비롯해서 고려의 많은 상단들이 만들 것입니다. 그만한 강철이 확보되어 있고, 3년 동안 전쟁을 치를 수 있을 만큼 군량이 확보되어 있습니다. 적이 청야전을 벌여도 수로를 확보하면 병참을 유지할 수 있습니다. 그리고 수로를 지키기 위해서 대군이 필요합니다."

"……."

"병력이 많으면 적에게 유리할 수 있는 변수를 지울 수 있습니다. 수로 먼 곳으로 진격을 벌여도 병력이 있기에 보급대를 지킬 수 있습니다. 우리에게는 어느 땅이건 갈 수 있는 수레가 있습니다."

양만춘의 이야기를 듣고 해정이 곰곰이 생각했다.

그리고 고개를 끄덕였다.

애초에 군사들이 많았다면 채주에서 군이 위기에 빠질 뻔했었던 적도 없었을 일이다.

수십 만 명을 넘어서는 대군을 동원해야 한다는 사실을 깨달았다.

해정의 깨우침에 맞춰서 다시 양만춘이 말했다.

"세상을 바꿀 수 있는 기회입니다. 당나라 백성들은 이미 동원되었지만 다른 마음을 품고 있습니다. 그리고 동맹들도 우릴 돕고 있습니다. 지금을 위해서 우의정이 모든 것을 준비했습니다."

"스승님께서 말씀입니까……?"

"이 기회를 놓쳐서는 안 됩니다. 폐하."

양만춘의 말에 해정이 천군을 떠올렸다.

그가 교역로 개척을 위해 철륵으로 떠나기 전에, 고려에서 남긴 것들을 떠올렸다.

부국강병을 이루고 민심을 하나로 합쳐 놓았다.

심지어 백제와 신라와 동부여로 불렸었던 곳의 백성들까

지, 전쟁의 상흔을 뒤로 하고 함께 미래로 나아가고자 했다.

그것을 가능하도록 만든 것이 천군이었다.

그리고 하나 된 고려의 모든 국력을 당나라를 향해 쓸 수 있었다.

하늘인 백성을 속이고 스스로 하늘이라 칭하는 거짓 된 무리들을 쳐내고자 했다.

"상세한 계획이 있습니까?"

태왕으로서의 위엄을 드러내면서 해정이 물었다.

그리고 양만춘이 대답했다.

"있습니다."

"허면 보여주길 바랍니다. 당 황실과 태후를 무너뜨릴 수 있는 길을 말입니다. 이 기회를 짐 또한 절대 놓치지 않을 겁니다."

천군이 모든 것을 준비했다.

천군이 준비한 길로 고려 백성들과 후손들을 이끌려 했다.

태왕인 해정의 명에 준비 된 계획을 양만춘이 보여줬다.

그 계획은 고려를 지키거나 그것에 준하는 전쟁을 벌일 때 백성들의 동원에 관한 것이다.

징집과 징발이라는 동원 계획서를 확인하고 해정이 양만춘에게 동의를 나타냈다.

그리고 동의를 받아야 할 사람들을 찾았다.

그들은 백성을 대표하는 자로서 그들의 뜻에 따라 민심이 달라질 수 있었다.

웅진총독부 총독인 성충과 신라공인 김춘추가 편전에 앉았다.

당나라에 대군을 보내기 위한 계획을 태왕으로부터 들었다.

질문이 자유로운 자리였고 성충이 태왕에게 되물었다.

"하오면, 신분고하를 막론하고 40세 이하에 집마다 남자 한 명씩 징집되는 것입니까?"

"그렇소."

"징집되는 자가 집에서 가장이거나 독자인 경우엔……."

"가정을 지키고 유지해야 함이 크기에 면제될 것이오. 제가치국평천하이기에 나라를 세우기 위해서 집부터 먼저 세울 것이오. 그리고 노예의 경우, 짐의 명으로 한 명씩 징발될 것이오."

태왕의 설명을 듣고 손에 들린 계획서를 읽었다.

안에 징발된 노예에 관해서 처우가 상세히 쓰여 있었다.

징발 된 노예들은 대체적으로 후방에서 힘쓰도록 되어 있었다.

하지만 위험한 전장으로 향하는 것을 자원할 경우, 남자는 병사로, 여자는 부상병을 살피거나 음식을 준비하는 것으로써 싸울 수 있었다.

그리고 자신의 의지로 자원한 것이기에 면천이라는 보상을 취할 수 있었다.

그러한 계획을 김춘추도 함께 살피면서 온 나라 백성들에게 동일하게 적용되는 것을 알았다.

두 사람에게 해정이 물었다.

"동의하시오?"

태왕의 물음에 성충이 먼저 대답했다.

"폐하께서 먼저 백성들에게 은혜를 베푸셨습니다. 그리고 신과 웅진총독부 백성들은 폐하를 위해서 목숨을 바칠 것입니다. 다른 총독부의 백성들도 마찬가지일 겁니다."

성충의 대답을 듣고 해정이 살짝 미소를 지었다.

그리고 김춘추를 보자, 춘추가 계획서를 내리면서 대답했다.

"백성들을 위한 일입니다. 그리고 후손들을 위한 길입니다. 당 황실의 거짓 위엄과 태후가 제거 되어야 천년 평안이 이어질 것입니다."

대답을 듣고 해정이 고마운 뜻을 전했다.

"고맙소. 두 사람 덕분에 짐이 확신을 얻었소. 이번 전쟁에서 승리할 수 있는 확신을 말이오. 적에게 어떤 유리한 변수도 주지 않을 것이오."

미소를 보이면서 말했고 성충과 김춘추가 머릴 숙이면서 태왕에게 경의를 나타냈다.

비록 두 총독부의 총독이었지만, 두 사람의 생각이 곧 고려 전체 총독들의 생각이었다.

두 총독부의 백성들이 전체 백성들의 생각과 마음이었다.

성충과 김춘추의 동의를 얻고 속히 어전회의를 열어서 대신들과 논의했다.

이후에 신속한 처결을 이룬 뒤 전국 총독부와 관아로 전령을 보냈다.

동원령 선포가 이뤄지고 게시판 앞에 백성들이 모였다.

백성들이 조선 글로 된 방문을 읽으면서 이야기를 나눴다.

"채주에서 우리 군이 위기에 빠졌다니……."

"위기에 빠진 게 아니라, 빠질 뻔했던 거지. 물론 전사자가 생겼지만 크게 피해를 입은 것은 아니야."

"전사자가 나온 것이 크게 피해를 입은 거지. 그리고 적이 수십 만 대군을 이루면서 공격했다잖아."

"그야 뭐, 당나라가 백성들을 동원했으니까."

"총탄과 포탄이 떨어질 때까지 싸우는 바람에 큰일 날 뻔했어. 역시 머리수가 대단하긴 해."

"하지만 우린 더 대단할 거야. 우리가 당나라처럼 온 백성이 동원되었다면 당나라는 숨도 못 쉬었을 거야. 해병들이 위험해지는 일도 없었을 거야."

백성들이 동원령의 이유에 대해서 알게 됐다.

그리고 나라를 위해서 힘 쓸 수 있는 순간이 왔다는 것을 알았다.

방문을 읽은 백성들 중에서 소리치는 자들이 있었다.

"우리는 고려 백성이오! 태왕 폐하께서 우리들에게 은혜를 베풀어주시지 않으셨소?!"

"맞소!"

"이제 우리가 보답해 드려야 하오! 폐하를 위해서 목숨을 바쳐야 하오! 그리고 후손들을 위해서도 당나라에 맞서 싸워야 하오!"

"옳소!"

"이 나라를 위해서 싸웁시다!"

"싸우자! 와아아아아!"

백성들이 함성을 크게 일으켰다.

그리고 그중에 고관과 부호들을 따르는 노예들도 있었다. 그들의 모습은 여느 백성들과 별반 다르지 않는 모습이었고, 사람답게 살게 해 준 태왕과 천군에게 깊은 은혜를 느끼고 있었다.

그들이 먼저 나서서 만세를 외쳤다.

"만세! 만세! 대고려국 만세!"

"만세! 와아아아아!"

온 백성이 소리쳤다.

그리고 그 소리가 금성 온 하늘을 뒤 흔들었다.

백성들을 동원하겠다는 태왕의 뜻에 백성들이 보여주는 모습을 김유신이 보고 있었다.

또한 법민이 함께 보았으니, 두 사람이 나란히 서서 이야기 했다. 법민이 외숙부인 김유신에게 말했다.

"백성들이 싸우길 원합니다. 심지어 노예들 까지 말입니다. 이렇게 온 백성들이 앞장서서 싸우려 하는 것은 처음인 것 같습니다."

법민의 감상에 유신이 이야기 했다.

"천군인 우의정 덕분이다."

"천군을 말씀입니까?"

"천군이 백성들을 살렸으니까 말이다. 그리고 태왕 폐하의 은혜다."

유신의 이야기를 듣고 법민이 지난 일들을 기억했다.

금성의 백성들이 고려 백성이 되기 전에 있었던 일이었다. 그리고 삼한의 원수인 부여의자가 살아 있었을 때였다. 그의 야욕을 당나라가 부채질을 했고, 그로 인해 숱한 백성들이 목숨을 잃었다.

그 사실을 기억하면서 법민이 유신에게 말했다.

"당나라는 우리들에게 철천지원수입니다. 조선의 후손들이 서로 피 흘리도록 만들었으니까 말입니다. 대가를 치러야 합니다."

유신이 고개를 끄덕이면서 말했다.

"모든 것이 하늘을 참칭하는 오만 때문이다. 하지만 이제 무너지겠지. 우리가 그동안 칼을 갈면서 때를 기다렸으니까 말이다."

"당나라 백성들이 이미 돌아섰습니다. 그리고 당나라 백성들은 자신을 아껴줄 수 있는 정통을 세울 것입니다. 그들에게 우리가 힘을 더 해 줄 것입니다."

목에 힘주면서 법민이 유신에게 말했다.

"당나라로 향할 것입니다. 당나라에 가서 우리 백성들을 지키고 함께 싸울 것입니다."

그 말을 듣고 유신이 한 뜻을 이뤄냈다.

"함께 갈 것이다. 그리고 이제 우리는 삼족오기를 세우고 함께 당나라를 정벌할 것이다. 이 전쟁으로 삼국 백성들은 진정 하나가 될 것이다."

"예. 외숙부."

"인수인계를 준비하거라. 우리 대신 금성을 통치할 자가 필요하다. 그리고 폐하께 출전을 청할 것이다."

함께 전장으로 향하고자 했다. 그리고 어쩌면 백성들에게 비극을 안겨다 줄 수 있는 존재를 제거하고 그 미래를 끊으려고 했다. 오직 고려 백성의 미래와 천하 정의를 세울 수 있는 미래를 잇고자 했다.

출전을 청하기 위해서 평양으로 전령을 보냈고, 최대한 빠른 시일 안에 답변을 얻게 됐다. 그리고 군을 준비했다. 백성들이 동원되기 이전에 금성을 지켰던 군사들이 있었다. 또한 웅진을 지켰던 군사들이 있었다.

동부여와 만주부의 군사들도 있었으니, 그들이 태왕명을 받고 평양에 모였다. 각각 김유신과 충상, 고마로, 사타르가 각 총독부의 군사들을 지휘했다.

그리고 법민과 김품일, 관창, 반굴, 부여복신 등이 그들을 따랐다. 각각 3만 군사와 2만 군사, 1만 군사와 1만 기병이 군기를 높였다.

도합 7만 군사 앞에 화기로 무장한 3만 정예군이 있었고, 그들은 대장군인 양만춘과 부장인 여천을 따르고 있었다. 천관시를 멘 양만춘 뒤로 총합 10만 대군이 도열해 있었다. 안학궁 궁문 앞이었다.

대로 양편으로 선 백성들이 출전하는 군사들에 대한 믿음을 드러냈다. 감탄을 금치 못하면서 언제든지 환호를 쏟아낼 준비를 하고 있었다.

그런 백성들과 도열한 대군의 모습을 단상 위에 선 해정이 내려다보고 있었다. 그들을 선봉군으로 보내면서 앞으로 백성들을 무장시켜서 계속 보낼 예정이었다.

신라공인 김춘추가 함께 하고 있었고, 호조판서 유온이 평양에서 삼정승을 대리하기로 했다. 또한 내원성주인 기수찬이 태왕의 부름을 받고 와서 평양을 지키고 있었다.

유온이 해정에게 준비된 첩지를 올려서 건네줬다.

첩지를 받은 해정이 안의 내용을 잠시 살폈다. 며칠 동안 고민해서 직접 쓴 군사들을 향한 이야기가 담겨 있었다.

하지만 며칠 동안 거쳤던 고민이 오늘에 이르지 못했다. 직접 쓴 연설문을 내리고 군사들을 봤다.

그 사이에 서 있는 법민을 봤다.

그가 전에 보여줬었던 모습을 기억하고 있었다.

'사람 때문에 범이 희생되었으니, 적어도 새끼만큼은 살려야 됩니다. 그것이 신이 생각하기에, 마땅한 도리입니다. 적어도 사람이 짐승보다는 나아야 됩니다.'

사람을 넘어서는 정의를 가진 자였다. 그저 이권을 취하기 위해 어떤 존재의 희생을 요구하는 자가 아니었다.

그리고 그런 법민을 군사들이 따르고 있었고, 군사를 지휘하는 법민이 틀린 결정을 내리지 않을 것이라고 생각했다. 자신 또한 그와 같은 결정과 이야기를 전해야 했다. 군사들의 얼굴을 살피고서 입술을 열었다.

"이 나라와 백성들을 위해서 싸워라! 하지만 결단코 부끄럽게 싸워서는 안 될 것이다! 사가에 자랑스러움이 넘쳐날

수 있도록 당당히 싸워라! 짐보다 제군들의 식구와 후손들을
위하라!"

해정의 위엄이 대로 끝에까지 이르렀다.

양만춘이 그녀에 대한 만세를 선창하게 됐다.

"대고려국 만세! 대고려국 태왕 폐하! 만세!"

"만세! 만세! 만세!"

"와아아아!"

다시 함성이 크게 일어났다. 온 군사와 평양 온 백성이 소
리쳤고, 그 진동이 지평선 너머로까지 울려 퍼졌다.

양만춘이 기수를 돌리면서 군사들에게 명했다.

"전군! 출전한다!"

대열을 돌리면서 10만 대군을 이끌었다.

그리고 떠나는 선봉군을 향해서 백성들이 계속 만세를 외
쳤다. 고려의 영광과 후손들의 번영을 소망하였다.

또한 그들도 당나라로 향할 준비를 했다.

계속해서 군사들이 보내질 예정이었다.

사영의 함대가 서해에서 하얀 포말을 일으켰다.

다시 진공을 벌이다

매서운 바람이 바닷물을 크게 일으켰다.

하지만 적진을 향해서 나아가는 군사들의 진격은 거침이 없었다.

수 백 척이 넘는 대함대가 바닷물을 가르고 있었고, 그들 배들은 하나 같이 삼한선과 판옥선으로 큰 배들이었다.

판옥선 대장선에 승선한 사영이 대함대를 이끌면서 깃발의 방향을 살피고 있었다.

그러다가 깃발의 방향이 바뀌자 이내 명령을 내렸다.

"바람이 북쪽에서 남쪽으로 분다. 파도 방향도 바뀔 것이니, 전 함대에게 선수를 남쪽 방향으로 돌리라고 명하라. 순풍을 타고 금릉으로 향할 것이다."

"예! 장군!"

사영의 명령에 부장이 대답한 뒤 군관들에게 지시했다.

선수 방향을 바꾸라는 지시가 담긴 명령기가 올랐고, 북 소리와 뿔 나팔 소리가 함께 울려 퍼졌다.

그러자 360척에 달하는 대함대가 천천히 뱃머리를 틀면서 남쪽으로 맞추었다.

그리고 순풍을 타며 속도를 높이기 시작했다.

대장선 곁을 따르는 전선에서 양만춘과 김유신이 장관을 보았으니, 두 사람이 함께 대함대의 위용을 목격하고 있었다.

법민도 함께 있었다.

갑판의 흔들림이 적어진 것을 느끼면서 유신이 양만춘에게 이야기 했다.

"수군 운용을 참 잘하는 것 같소."

"수군통제사를 말입니까?"

"전에 상단부 수군장과 함께 동조선에 갔었소. 그땐 동조선이 동부여로 불렸을 때요. 도망친 백제왕을 사로잡기 위해서 출전 했는데, 솔직히 거칠 산에서 동조선까지의 거리는 그리 멀지 않소. 때문에 뱃길이 험해도 견딜만 하오."

"……"

"청해 수군장이었던 상단부 수군장도 나름 애썼겠지만 말이오. 내가 볼 때는 상단부사보다 수군통제사의 수군 운용이 더욱 뛰어난 것 같소."

사영에 대한 칭찬을 유신이 늘여놓았다.

그의 말에 양만춘이 미소 지었다.

자신보다 18살이나 많은 김유신을 존대하면서 이야기 했다.

"금성 총독께서도 아시겠지만, 본래 고려는 수군이 약한 나라였습니다. 물론 백제 신라에게는 약하고 당나라에게는 강했지만 말입니다. 때문에 바다나 강 위에서 싸우기보다 어떻게 하면 군사들을 온전히 잘 보낼 수 있을까를 고민했습니다."

"멀미를 피하는 방법을 터득했다?"

"바람과 파도를 잘 타는 법을 배웠습니다. 이 말은 제가 총독께 말씀드리는 것이 아니라, 수군통제사가 제게 했던 이야기입니다. 때문에 수군 전술이 그다지 뛰어나지 않지만 선상에서 온전히 전투력을 발휘할 수 있었습니다."

양만춘의 말에 유신이 이해했고, 함께 있던 법민이 고려에서 있었던 일을 떠올렸다.

"그래서 고려가 수나라와 당나라를 상대로 이긴 것입니까? 적이 거침없이 진격했기에……"

"뭍을 좋아하기는 우리나라만큼이나 수나라와 당나라도 마찬가지일세. 그리고 욕심 때문에 적은 언제나 멀미를 느꼈었네. 군사들의 상황이 어떻든 진격이 우선이었으니까."

"……"

"그래서 우리 수군이 전투력을 보존한 상태에서 유리한 길목을 막았었네. 하지만 이미 지난 일일세."

말미에 양만춘이 갑판 위에 있던 화포들을 봤다.

군사들이 멀미를 느끼지 않는 것은 분명 승리를 위해서 필요한 조건이었다.

싸우고자 하는 사기와 훈련과 전술도 그러했다.

하지만 더욱 큰 조건이 고려 수군에게 있었다.

양만춘의 시선을 따라 법민의 시선도 움직였고, 화포로 무장한 수백 척이 넘는 대함대를 한 번 더 살피게 됐다.

그리고 그것이 전부가 아님을 알고 있었다.

먼 남쪽에서 활약하는 청해 수군도 있었고, 어떤 식으로든 적이 바다를 위협할 수 없었다.

자신감이 아닌 사실 그 자체라는 것을 알았다.

"적이 바다로 나오려면 많은 것을 걸어야 할 것 같습니다."

법민의 말에 유신이 말했다.

"해안에 서는 것조차 불가능할 것이다. 강변은 더욱 말 할 것도 없고 말이다. 적에게는 불가능했던 수륙병진이지만, 우리는 하늘과 함께 이룰 것이다. 당나라 백성들과 함께 말이다. 그래서 적은 우릴 절대 이기지 못할 것이다."

고려의 하늘만이 유일한 하늘은 아니었다.

당나라에도 하늘이 있었고, 그들 백성들 또한 하늘로 불리는 존재들이었다.

만민을 위한 전쟁을 치르고자 했다.

그저 고려만을 위해서 싸우는 것이 아니라, 진정한 하늘을 위해서 싸우고자 했다.

그 하늘은 실로 정의로운 하늘이었다.

삼화에서 출전한 수군이 사흘 만에 장강 입구에 도달했다.

그리고 다시 하루가 지나기 전에 금릉 반대편 강변으로 줄지어 상륙했으니, 그 광경이 금릉에 남은 군사와 백성들에게 큰 충격을 안겨다 주었다.

수백 척이 넘는 큰 전선으로부터 병력들이 쏟아져 내렸고, 이내 인산인해를 이루었다.

삼화에서 출전한 군사들이 모두 상륙하는 시간만 며칠이나 걸렸다.

그리고 탄약과 군량을 가득 실은 보급선이 도착했을 때, 전열을 갖춘 10만 대군이 합비로 이동하게 됐다.

그곳에 일시적으로 후퇴한 해방군과 해병들이 있었다.

또한 해방군과 고려군에게 힘을 더하려는 동맹의 군사들이 있었다.

아이누에서 온 군사들이 고려군의 군세를 확인하고 입을 벌리고 있었다.

"세상에, 얼마나 몰려온 거야?"

"듣기로 10만 대군이라고 들었어, 그것도 선발이라고 말이야……."

"선발이라고?"

"군사들의 수도 군사들의 수지만 군량과 탄약이 어마어마하잖아… 그리고 저기 수레들 좀 봐."

"세상에……!"

"바퀴를 비롯해서 수레 하부가 철로 만들어져 있어. 그리고 울퉁불퉁한 길에서 그리 요동치지도 않아! 고려에 저러 수레가 많다고 들었어!"

"저런 수레로 군량과 탄약을 나르는 것을 처음 봤어! 저런 수레로 보급이 된다면 어디든지 갈 수 있을 거야."

"당나라가 아무리 넓어도 고려의 손바닥 안이야!"

10만 군사들뿐만이 아니라, 탄약과 군량을 나를 보급부대도 함께 왔었다.

그들은 수군에 속한 보급 부대였고, 제한적으로 땅 위에서 임무를 수행할 수 있었다.

수군 보급대를 돕는 것이 철 수레였고, 고려에서 온 기이한 기물은 온 사람들의 시선을 주목시키기에 충분한 기물이었다.

미리 소문을 들었던 자가 있었고, 처음 목격함과 더불어 이야기를 듣고 놀라는 자들도 있었다.

하지만 무엇보다 화기로 무장한 군사가 3만 명에 이르렀다.

또한 1만 명에 달하는 만주부 기병들이 있었다.

평양을 지키는 근위군과 흑수부와 불열부에서 온 기병들이 있었으니, 그들은 해방군이나 다른 동맹들이 보기 힘든 군사들이었다.

아이누 황제인 아투르의 명을 받들어 합비에 온 이츠키가 강대함으로 가득 찬 고려군을 보고 있었다.

1만 화기대와 5천 기병을 합해 총합 5만 군사를 이끌고 있었다.

도착한 고려군을 그가 보다가 함께 참전한 자들의 모습을 잠시 살폈다.

그리 멀지 않은 곳에 있었다.

어쩌면 당나라에서 가장 가까운 곳에 위치한 동맹일 수 있었다.

5천에 대만군사들이 고려군의 위용을 구경하고 있었다.

"와… 저게 정말로 10만 명이야……?"

"그래. 그렇게 들었어."

"대단하구나. 정말로 온 땅을 메울 정도로 많다고 하던데, 어째서 그렇게 말하는지 알겠어… 그리고 저 군사들 중에 몇만이나 소총으로 무장한 거잖아?"

"소총뿐만이 아니라 화포까지 무장했지. 그리고 저게 전부가 아니라고 들었어."

"전부가 아니라고……?"

"저만한 수보다 더 많은 수의 군사들이 온다고 들었어. 그러면 정말로 볼만 할 거야. 고려군은 대만 부족민들의 수보다 많아."

"맙소사……."

고려군의 위용에 대만 군사들이 새파랗게 질렸다.

나름 큰 뜻을 가지고 바다를 건너왔다.

나름 고려군이 주었던 강력한 무기를 들었고, 누가보아도 쉽게 볼 수 없는 갑옷들을 입었다.

하지만 이내 모든 자신감들이 무너졌다.

당나라로 올 때만 하더라도 들떴던 기분이 지워진지 오래였다.

그런 대만군에게 고려 장수가 다가와서 물었다.

"여긴, 뭐야? 왜 이리 분위기가 가라앉아 있어? 누가 죽었어?"

통역 군관을 앞세워서 창운이 대만군에게 물었다.

그의 물음에 대만군 병사들이 힐끔 쳐다봤다.

군사들을 책임지는 장수가 나서서 눈치를 보다가 창운에게 대답했다.

"우리가 이대로 싸워도 되는 것이 옳은 것인지 모르겠소."

"무슨 말이오, 그게?"

"말 그대로요. 고려 상장군도 알고 있겠지만, 우리는 겨우 5천 명에 불과하오."

"……."

"이미 고려에서 10만 대군이 왔고, 앞으로 더 오게 된다고 들었소. 그리고 아이누에서 온 군사들도 무려 5만 명이나 되는데, 아군에게 무슨 힘이 있을지 의문이오."

"……."

"아마 없다 하더라도 전과가 크게 달라지지는 않을 것 같소. 아니, 아무 것도 바뀔 것 같지는 않소."

대만군을 이끄는 장수가 가라앉은 목소리로 창운에게 이야기 했다.

그의 이야기가 전부 통역되기 전에, 이미 기색에서부터 창운이 그와 대만군이 무엇을 생각하는지 깨달았다.

대만군 병사와 장수의 착잡한 기분이 그대로 전달되었고, 그들이 어떤 기분을 느끼고 있는지를 알았다.

창운이 장수의 이야기를 듣고 피식 미소를 지었다.

"설마, 비웃는 것이오? 아니, 비웃어도 되오. 우리는 그저⋯⋯."

창운이 다가가서 어깨를 두드려줬다.

"비웃는 게 아니라, 그럼에도 불구하고 함께 한다는 것이 대단하다는 것이오. 우리야, 이만한 힘이 있으니까 마땅히 해야 하는 것이고. 군사들 중에서도 맡은 바 소임을 뛰어넘으면서, 한계 이상을 해내는 자들이 명예와 포상을 얻는 법이오."

"⋯⋯."

"그러니까 그리 실망하지 마시오. 우리는 이렇게 적은 수라도 용기를 가지고 와준 대만군을 기억 할 테니까. 만약, 대만군을 우습게 여기는 자들이 있다면 나부터 가만히 있지 않을 것이오. 이 전쟁에서 대만군은 위대하오!"

창운의 강한 어조가 그대로 대만군 장수와 병사들에게 전해졌다.

군관의 통역이 이뤄지면서 그의 진심을 들었다.

그제야 대만군 장수와 군사들의 마음이 풀리는 듯했다.

가슴에 생긴 묵직함과 답답함이 녹는 듯했다.

그리고 무엇을 위해서 왔는지 다시 돌아보면서 전의를 세웠다.

"다들 정신 차려. 우리가 없으면 승패는 몰라도 식구와 후손들이 달라진다."

"후손들에게 우리가 싸웠다는 명예를 안겨다 줘야 해!"

"하늘을 속이는 당나라에 맞서서 함께 싸우는 거야!"

"어깨 펴! 다들!"

기운을 찾자 목소리에 힘이 실렸다.

그 모습을 보고 창운이 다시 피식 웃었다.

그때 창운에게 사람이 와서 소식을 알렸으니, 대장군인 양만춘과 신라 총독을 비롯한 장수들이 모였다는 소식이었다.

소식을 듣고 급히 지휘 군막으로 발걸음을 옮겼다.

그리고 양만춘을 만나서 머리를 숙이며 예를 올렸다.

이제 양만춘이 그의 상관이었다.

"오랜만에 뵙습니다. 대장군."

"그래. 오랜만일세. 강건히 잘 지냈는가?"

"보시는 대로 잘 지냈습니다. 도중에 힘든 순간이 있었지만 말입니다. 일단은 건강합니다."

"그래."

양만춘이 인사말을 건넸고, 창운이 표정을 환히 밝히면서 화답했다.

큰 위기가 있었지만 그래도 잘 넘겼다.

사지 멀쩡한 모습으로 해후를 이룬 것이 다행이었고 감사한 일이었다.

그리고 함께 싸울 수 있었다.

양만춘과 인사를 나눈 뒤 유신과 법민을 비롯한 금성 총독부 장수들을 보았다. 그들과도 오랜만이었고, 웅진 총독부의 장수들도 오랜만이었다.

왠지 모를 반가움을 느끼는 가운데, 뭔가 과하다는 생각이

들었다. 양만춘과 김유신이 함께 하고 있었다.

혹시나 하는 생각으로 창운이 물었다.

"혹시, 지원군이 더 있습니까?"

그의 물음에 양만춘이 알려줬다.

"더 있네."

"얼마나 말씀입니까?"

"전부일세."

"예?"

"태왕 폐하께서 백성들에 대한 동원령을 내리셨네. 한 달 안으로 30만 대군이 추가로 도착하고, 도합 100만 명이 넘는 대군이 이곳에 올 것이네."

고려에서 있었던 일을 모르던 모든 이들의 눈이 커졌다. 장손무기와 이적과 저수량과 유인원도 함께 했다.

고려 말로 먼저 듣고 군관의 통역을 듣고도 귀를 의심했다. 하지만 그것은 결코 환청이 아니었다.

전율과 소름이 동맹군의 지휘군막 안에 가득했다.

군세로 몰아치다

들고도 귀를 의심할 지경이었다.

앞으로 고려에서 얼마나 많은 병력이 오는지를 들었다.

그 군세를 듣고 크게 놀라면서 당황했다.

아니, 황당하기까지 했다.

혼이 나갈 뻔했다가 정신을 차리면서 떨리는 목소리로 물었다.

"1…100만……?"

"지금, 100만이라고 한 거요……?"

"한 달 안에 30만 대군이 도착한다니, 그게 가능한 일인지……"

저수량과 이적과 유인원이 차례대로 물었다.

그들의 물음에 양만춘을 대신해서 김유신이 대답했다.

"가능하오."

이적이 물었다.

"어떻게?"

그의 질문을 받고 유신이 군막 너머 수로 방면을 바라본 후 대답했다.

"수군이 있소."

"수군……?"

"지금 고려에서 우리 백성 30만 명이 훈련을 받고 있소. 징집병에 해당되는 백성들은 겨우내 훈련을 받기에 조금의 전술 훈련만 더해지면 얼마든지 싸울 수 있소."

"……."

"미리 무기와 갑옷을 준비해서 얼마든지 무장할 수 있고, 수군이 있기에 빠르게 이곳으로 올 수 있는 거요. 육로는 억만금의 시간이 걸리니까 말이오."

"……."

"수군으로 모든 병력과 물자를 나를 것이오."

"……!"

유신의 이야기를 듣고 유인원과 저수량이 수로 방면을 보았다.

멀리 정박해 있던 고려 수군 전선들이 있었고 그 위용이 실로 상상초월이었다.

수백 척에 달하는 대형 전선들이 장강과 고려를 오갈 수 있었다.

또한 그것 외의 다른 대함대가 있어서 대병력과 군량과 무기를 나르기에 부족함이 없었다.

천재지변으로 바다가 뒤집어진다면 모를 일이었지만 여름과 가을도 아니었기에 바다가 조금 거칠어도 큰 문제가 없었다.

고려에서 고려군이 얼마나 강한지 알고 있었다.

하지만 그토록 많은 대군을 동원할 수 있는 것은 이제야 처음 알았다.

유인원의 눈동자가 흔들리고 있었고, 저수량이 당나라의 미래를 예상했다.

"이렇게 되면, 황실은······."

이적이 말했다.

"절대로 막을 수 없을 것이다."

"수나라와 같은 실수를 벌인다면······."

"어떤 실수를 말인가?"

"대군을 동원했을 때 보급에 관한 것입니다. 수군으로 군량과 무기를 잘 실어 나를 수 있다 하더라도, 수 십 만도 아니고 백 만 대군을······."

저수량의 말에 장손무기가 고개를 가로저었다.

"고려라면 능히 가능 할 것이네."

"어르신······."

"내가 아는 고려는 백만 대군 쯤이야 충분히 먹여 살릴 수 있는 나라일세. 그만큼 경작지를 늘리고, 농산량을 늘리고,

심지어 부패한 관리들까지 척결했으니까 말일세. 내가 아는 고려는 우리의 어떤 생각보다도 뛰어넘을 그런 나라일 것이네."

장손무기의 대답을 듣고 저수량이 다시 군막 너머의 군사들을 봤다.

엄청나게 쌓이는 군량을 보았고, 그것을 실어다 나르는 철수레를 보았다.

당나라에서는 감히 상상할 수 없는 기물들이 있었다.

그리고 그것을 본 후에 조정이 철저히 무너질 것이라고 생각했다.

'정말로 조정이… 고려에게……'

절대로 이길 수 없는 큰 산이었다.

이제 당 조정과 고려 조정을 비교하기에는 그 힘과 격이 차이나도 너무 많이 났다.

그렇게 되어야 백성들의 나라를 세울 수 있지만, 막상 고려를 통해서 이뤄진다고 하니 마음이 착잡했다.

어깨가 축 늘어뜨려졌다.

그런 저수량을 보고서 장손무기가 말했다.

"이래나 저래나 백성들의 나라를 세우는 것이 중요하네."

"예. 어르신……"

"그래도 고려는 힘없는 나라나 족속이라고 해서 함부로 차지하는 나라가 아니니까……"

"……"

"선공을 가해서 먼저 잘못을 저지르는 것이 아니라면, 자

94

기나라 백성이 아니라 하더라도 소중히 여겨줄 줄 아는 나라일세. 대만만 보아도 알 수 있으니까."

"예……."

"그저 백성들을 위한 나라를 다시 세우도록 하세. 고려도 그것을 원하고 있으니까 말일세. 함께 지혜를 짜내고 화평을 이루는 것이네."

곧 해일처럼 밀려드는 고려군에게 다른 마음이 없기를 소망했다. 아니, 그럴 것이라고 생각했다.

이미 세상에 많은 것을 보여줬다.

언제나 백성의 뜻을 존중해주었고, 고려가 어떤 나라와 족속을 복속 시킬 때는, 그 나라와 족속에게 죄가 있을 때였다.

마땅한 응징을 가하면서도 백성들에게는 언제나 뜻을 물었다.

그래서 도움을 요청했다.

최선이 아닌 차선이지만 백성을 위한 선택으로써 후회하지 않았다. 이적이 양만춘에게 물었다.

"그러면 이제 상장군과 휘하 부대는 좌의정인 대장군의 통솔을 받는 것이오?"

그의 물음에 양만춘이 고개를 가로저었다.

"그렇지는 않소."

"허면? 어찌되오?"

"상장군은 상장군으로서의 특별한 지휘가 계속 유지될 거요. 애초에 육군처럼 지상전을 벌이는 군사들이 아닌, 상륙전을 주로 벌이는 특수부대를 지휘하고 있으니까 말이오. 그

래서 휘하에 막강한 수군 함대도 속한 것이요. 그리고 대장
군은 나 한 사람만인 것은 아니요."

"다른 사람이 있소?"

"요서에 주둔하고 있는 영의정 어르신 또한 대장군이요.
그리고 여기 금성 총독과 동조선 총독도 대장군이요. 마지막
으로 서북 원정길에 오른 우의정 또한 대장군이요."

"……."

"나를 포함해 5명의 대장군 중에서 4명이 참전할 거요. 그
리고 상장군이 우릴 돕겠지. 목표는 장안이며 서로 진격로를
조율해서 나아갈 것이오."

한 번에 움직이기에는 너무나 큰 대군이었다.

한 달 후에 도착할 30만 명을 합하면 40만 명 이상의 대군
이었다.

거기에 항복한 황군과 징집병들도 있었다. 이미 모여서 싸
운다면 어떤 적을 상대로 싸워서도 이길 수 있었다.

하지만 상황에 따라서는 흩어져서 싸워야 했다.

지휘권을 가진 주장들이 누구인지 양만춘이 알렸다.

대군을 이끄는 자들을 소개하고 군막 입구 앞에 섰다.

막을 열어젖히면서 해방군 장수들에게 말했다.

"합비가 넓은 땅이라고 들었소. 하지만 앞으로 오게 될 군
사들을 전부 담아내지 못할 것이오. 따라서 주변부터 정리할
것이요. 우리가 주도해서 진격하면 침략하는 것으로 보일 수
있으니까 해방군에서 먼저 나서주시오."

양만춘이 지휘군막의 막을 걷어 올렸다. 그러자 장손무기

96

와 이적이 양만춘이 벌이는 행동의 뜻을 깨달았다.

먼저 군막 밖으로 나가서 군을 준비시켰다.

결코 먼저 고려군을 앞세우지 않으려고 했다.

앞서야 되는 것은 언제나 자신들과 백성들이어야 했다.

그래야 정통에 힘이 실리는 법이었다.

다시 넓은 땅으로 진격하고자 했다.

청야전이 벌어진 땅을 다시 점령하고, 백성을 배역하는 자들에게 넘겨주지 않고자 했다.

다음 날 10만 고려군과 10만의 해방군이 출전하려고 했다. 항복한 징집병들 중에 황실과 태후에게 맞서고자 하는 자들이 있었다.

그들이 창검을 든 상태로 줄지어 서서 이야기 했다.

"이렇게 한다고 해서 우리 식구들이 죽지는 않겠지?"

"알아야 죽이겠지. 그 난리 통에 누가 죽고 누가 살았는지 어떻게 알아? 무가 년이 우리 한 사람 한 사람도 모르는데, 우리 식구를 죽이려면 열심히 싸우다 죽은 군사들의 식구까지 죽여야 돼. 싸잡아 죽여야 되니까. 그러니까 빨리 장안으로 진격해서 황제와 그년을 끌어내야 돼."

"이제 고려 놈들이 우리 편이라서 다행이야."

"그러니까."

"놈들이 이렇게나 강한데, 무슨 생각으로 없애겠다고 말하는 건지 모르겠어. 그리고 미개한 오랑캐도 아니야."

태산처럼 세워졌던 편견이 단번에 치워졌다.

백문이 불여일견이었다.

고려군의 위력을 경험하고 그들에 대한 공포와 두려움을 경험했다.

또한 그들의 자비를 경험하면서 그들이 얼마나 합리적이고 소양 있는 존재들인지 깨달았다.

사람마다 차이는 있어도 무엇이 정의인지 불의인지 알고 있었다.

또한 하늘의 이치를 알고 뛰어난 지혜와 분노를 절제할 수 있었다.

결코 오랑캐라 불려야 되는 존재들이 아니었다.

오히려 자신들의 행색이 볼품없게 느껴졌다.

미천한 존재로 여겨져야 한다면 자신들이었다.

하지만 고려 군사들은 결코 자신들을 비하하지 않았다.

항복하기 전에는 언성을 높이면서 죽이려 한 적도 있었지만, 한 편이 된 후로는 강압적인 모습을 보이지 않았다.

전투에 겁에 질려 합비에 남기로 한 포로들의 선택을 존중해주었다.

그러한 모든 것을 느끼면서 역사를 뒤집어보려고 했다.

그것이 식구들과 후손들을 위한 일이었다.

해방군으로 합류한 포로들을 살핀 후에 양만춘이 창운에게 말했다.

"그동안 고생했으니, 휴식하게. 그리고 때에 맞춰서 진격하게."

"예. 대장군."

"사흘에 한 번씩 전령을 보내고 특별한 일이 있을 때도 보내겠네."

"예."

수고한 창운의 어깨를 양만춘이 두드려 줬다.

그리고 돌아서서 말 위에 올라탔으니, 그를 향해 창운과 안련이 함께 머릴 숙이면서 예를 올렸다.

"진군한다!"

말 위에 오른 양만춘이 진군 명령을 내렸다.

그가 지휘하는 군사들이 움직이기 시작했고, 따라 김유신과 고마로가 지휘하는 군사들이 움직였다.

웅진에서 군사를 이끌고 온 충상과 만주부의 사타르는 양만춘이 이끄는 근위군 화기대에 힘을 실어줬다.

법민과 품일과 반굴과 관창이 함께 움직였고, 부여복신이 1만의 정병을 지휘했다.

먼저 10만 해방군이 움직였다.

그리고 공성이 된 채주를 다시 점령하고 우물을 다시 파면서 식수를 구했다.

수로에서 다소 거리가 있는 곳이었지만 수많은 수레를 통해 보급을 벌일 수 있었다.

채주에 군량을 쌓고 화살과 탄약들을 쌓았다.

그리고 다시 진군하면서 청야전으로 망가진 성들을 점령했다. 어느덧 300리를 더 진격해서, 허창이라는 곳에 이르렀으니, 그곳은 난세의 간웅이 기틀을 잡았던 곳이었다. 하지만 사람들의 저주를 받아 몰락한 땅이었으니, 작은 성과 마을만 함께 하는 곳이었다.

큰 고을인 정주에서 그리 멀지 않은 곳이었다.

그곳에서 다시 징집 된 군사들을 만났다.

대지를 메운 징집병들의 눈이 잔뜩 커져 있었다.

"아니, 언제 저렇게 세를 불린 거야?"

"몇 만 명밖에 안 된다고 했었잖아? 그런데 십만이 넘어…….."

"맙소사……."

강제로 끌려온 징집병들 앞에 진법을 펼친 고려군과 해방군이 함께 하고 있었다. 수많은 깃발들을 휘날리고 있었다. 그리고 삼족오기가 위풍당당하게 휘날리고 있었다. 양만춘이 언덕 위에서 적을 내려다보는 가운데, 그가 부장인 여천에게 명을 내렸다.

"적에게 사신을 보내 투항하라고 전하게."

"예! 대장군!"

대역 죄인이었지만 전공을 세워 옥저군을 이끌었던 장수였다. 그가 적에게 사신을 보내서 항복을 권했고, 답변을 받고 즉시 양만춘에게 보고를 올렸다.

"적이 항복을 거부했습니다. 아무래도 적장이 황실이나 태후에게 충성을 바치는 자인 것 같습니다."

"아니면 종친이거나 무가의 사람일 수도 있지. 항복을 거부했으니 전투가 불가피하네. 따라서 몰아쳐서 최대한 빠르게 승리할 것이네. 그래야 희생이 적네."

"예. 대장군."

"지금 바로 공격 명령을 내리게!"

"알겠습니다!"

공격 명령을 내렸고 여천이 돌아서서 군관들에게 소리쳤다. 그러자 나팔소리가 크게 일어나면서 심장을 흔드는 북소리가 나기 시작했다. 곧 고려군과 역도들이 진격해 올 것이라는 생각에 징집병들이 바짝 긴장했다.

"제길!"

"우린 이제 다 죽었어!"

"방패 잘 붙여! 안 그러면 놈들의 돌진에 뚫릴 거야! 그러니까……!"

짧게 훈련 받았었던 대로 싸우려고 했다.

하지만 이미 고려군의 공격이 시작되었다.

"헉! 뭐야?!"

"쇠뇌다!"

"크아아악!"

정면이 아닌 측편에서 화살들이 날아들었다.

화살이 발사된 방향에 숲이 있었고, 숲과의 거리는 무려 1천 보였다. 때문에 기습을 받지 않을 것이라고 생각했다. 하지만 숲에 매복한 노병들이 징집병들과 그들을 이끄는 자들의 예상을 뒤엎고 있었다.

법민이 김유신을 대신해서 명령했다.

"계속해서! 쏴라! 발사!"

투투퉁! 투퉁!

쉬익!

"계속 쏴라!"

법민의 고함 소리가 그치지 않았다.

공기를 갈라내는 소리가 쉴 새 없이 울려 퍼졌다.

노병들이 든 무기는 '천보노'였고, 그것은 금성군을 위해서 만들어진 신무기였다. 천보노에서 발사 된 쇠뇌들로 인해 겨우 갖춰졌던 징집병들의 전열이 무너졌다.

그들을 통솔하는 황군 장수가 소리쳤다.

"자리를 지켜라! 이탈하는 자는 목을 벨 것이다! 쇠뇌 따위에 물러나지 마라!"

하지만 통하지 않았다. 힘없는 백성과 다를 바 없는 징집병들이 자신들의 자리를 계속 벗어나고 있었다.

"도망쳐 어서!"

활을 들 필요가 없었다.

검을 들면서 양만춘이 적군을 향해서 겨누었다.

그가 군사들에게 명령했다.

"전군! 돌격!"

함께 뛰는 군사들이 오만한 대지의 하늘을 뒤흔들었다.

"대고려국! 만세!"

다시 거침없는 진격이 시작되고 있었다.

신녀의 길

낮에는 푸른 하늘이 끝없이 펼쳐져 있었고, 밤에는 끝없는 별들이 펼쳐져 있었다.

초원과 황량한 땅이 번갈아 나타나는 곳이었다.

몇 번이나 보아도 달라지지 않을 것 같은 풍경이었지만, 작은 산과 언덕이 있었고, 때론 작은 호수와 숲이 있었다.

그것들이 전부 지침이 되어주고 있었다.

숲 주변에서 잠시 막을 치면서 야영했다.

불을 피우고 준비한 대나무 통에 쌀을 넣고 물을 불렸다.

그리고 끓여서 밥을 지었으니, 오랜만에 제대로 된 식사를 했다.

배를 든든히 불린 후에 잠을 잤고, 일어나서 묶어 두었었던 말 위에 앉았다.

다시 길을 가기 시작했다.

하늘에 흩어진 구름이 잠시 해를 가리면서 지면에 그림자를 만들었다.

그림자의 경계가 보일 만큼 멀리 뻗은 대지였다.

경이로운 풍광들을 보면서 잠시 기억 속으로 발을 담갔다.

백습에서 생각지도 못한 이야기를 들었다.

'고려에서 신녀가 왔소. 처음엔 길 잃은 여자라고 생각해서 노예라도 쓸까 생각했지만, 그녀가 우리에게 벼락 맞을 자를 알려줬소. 그리고 그 자가 벼락을 맞는 것을 보고 그녀의 특별한 능력을 믿게 됐소.'

처음엔 백습을 급습하러 온 오랑캐인 줄로만 알았었다.

하지만 그는 천군인 자신과 고려 상태왕을 만나기 위해서 달려온 자였으니, 이름은 '부이단'이라 오락후의 대추장이었다.

그가 이제는 고려에서 잊힌 신녀에 관해서 이야기 했다.

그녀가 누구인지 전혀 몰랐다.

고려에서 신녀는 제천장이었던 천우의 노리개였다.

또한 어떠한 신기도 없는 힘없는 여인들이었다.

그녀들과 전혀 관련이 없는 여인에 관해서 이야기를 듣고, 그녀가 오락후에게 베푼 것들을 들었다.

'그녀가 나와 몇 명 부족민들에게 고려 말을 가르쳐 줬소. 그리고 다른 부족에 대한 약탈을 그만두고 때를 기다리라고 말했소. 상태왕 폐하와 천군이 군을 이끌고 백습에 올 때까지 말이오. 그때까지 기다렸다가 백성이 되어달라고 말하면 우리 부족의 미래가 바뀔 것이라고 말했소.'

오락후의 미래를 그녀가 선사한 듯했다.

고려와 함께 하는 부족민들의 후손을 위한 일이라, 그녀가 그렇게 알렸다.

그녀에 대한 궁금증이 극에 이르렀을 때였다.

부이단이 그녀가 남겼던 말을 알렸다.

'신녀가 천군이 오면 알려주라는 말이 있었소.'

'뭘 말이야?'

'신물에 관해서 말이오. 천군에게 알려주면 알 것이라고 들었소. 그 분이 영고대를 가지고 있다고 말씀하셨소.'

'……?!'

오랫동안 듣지 못했던 단어였다.

아니, 그야말로 잊고 지냈었다.

고려에 온 뒤로 먼저 영고대를 취하려 했었지만, 고려에 없다는 것을 알았다.

연개소문의 도움으로 영고대를 찾으려 했지만 어디에도 없었다.

결국, 고려의 멸망을 막는 일부터 행하였고, 신라와 백제를 통일한 뒤, 동부여라 불렸던 일본까지 통일하게 됐다.

오직 고려를 대국으로 만들고자 했다.

그것이 미래를 위한 일이었다.

후손들을 위한 일이었고, 미래 대한민국을 위한 일이었다.

그렇게 고려의 재상으로 진력할 때 불현 듯 영고대에 관한 소식이 찾아왔다.

풍광을 보면서 계속 기억했다.

고삐를 조금씩 흔들면서 신녀와 영고대에 관한 것을 생각했다.

'하긴, 그간 발견되지 않았다면 나라 밖에 있다는 것도 가정해봐야 했는데 내 실수야. 설마하니, 철륵으로 향했을 줄이야. 그런데 영고대를 가지고 간 신녀는 누구일까. 그리고 어째서 영고대를…….'

그녀의 행동에 대해서 궁금히 여겼다.

하지만 이유가 될 수 있는 것이 너무나도 많았다.

그녀가 있었던 시기는 자신이 고려에 오기 전의 시기였다.

때문에 어지러웠고, 누가 아군이며 적인지 구분되지 않을 때였다.

또한 천우가 있을 시기였다.

영고대를 가지고 나라 밖으로 얼마든지 사라질 수 있었으니, 그녀를 만나서 이야기를 나눠보려고 했다.

아니, 제발 만날 수 있기를 바랐다.

그렇게 이동하던 중에 행군의 선두가 멈춰 섰다.

"정지!"

"멈춰라!"

천호장들과 군관들이 소리쳐서 명했다.

그러자 고삐를 손에 쥐고 있던 기병들이 말을 멈춰 세웠다.

5천 속말군과 5천 개마대가 함께 하고 있었다.

또한 용호대와 잠시 합류를 이룬 오락후 기병들이 함께 하고 있었다.

원정군 전체가 일제히 멈춘 가운데, 중군에 있던 상태왕이 천천히 말을 몰면서 선두로 왔다.

그리고 연수와 함께 선두를 이끌던 오성에게 물었다.

"무슨 일인가? 어째서 멈춰 선 것인가?"

오성이 질문을 받고 부이단을 힐끔 쳐다봤다.

그러자 부이단이 앞의 나무를 가리키면서 상태왕에게 대답했다.

"갈림길입니다."

"갈림길이라고?"

"여기서 서쪽은 발야고 족속의 땅으로 이어집니다. 그리고 북쪽은 해결 족속의 땅으로 이어집니다. 저 나무가 기점입니다. 폐하."

팻말 하나 없는 나무였다.

하지만 초원 위에 우뚝 서 있는 모습이 이질적이었다.

그래서 기점이 되는 듯했고, 주변 철륵인들만이 아는 듯했다.

나무를 고보장이 살피고선 오성을 불렀다.

"대장군."

"……."

잠시 생각에 잠긴 듯 했다.

하지만 이내 깨어났다.

그가 원정군의 대장군이었고, 상태왕인 자신은 그저, 천군이 보여주는 길을 걸을 뿐이었다.

그 길이 곧 고려를 위한 길이었다.

고보장과 시선이 마주친 오성이 부이단에게 물었다.

"신녀는, 어느 길로 갔어?"

오성의 물음에 부이단이 대답했다.

"북쪽이오."

"해결 족속의 땅이야?"

"방향은 그렇소. 하지만 해결 족속으로 향한 것은 아니요. 훨씬 먼 곳에 갔소."

"달리 하신 말씀이 있어?"

"바다에 접한 땅이라고 들었소."

"바다라고?"

"깊이를 알 수 없는 바다라고 들었소. 그리고 생명의 바다요. 조선의 시작이자 환인이 거했던 곳이라고 들었소."

"……."

"이것을 천군에게 들려주면 알 것이라고 말씀하셨소. 그리고 나는 여기까지요. 여기까지가 우리 족속이 올 수 있는 경계지점이오. 따라서 우리 땅과 백습에서 다시 천군이 오기를 기다리겠소."

부이단이 신녀가 남겼었던 남은 말들을 마저 전했다.

그의 이야기를 듣고 오성이 다시 곰곰이 생각했다.

'깊이를 알 수 없는 바다… 생명의 바다… 하지만 여기서 바다까지 가려면…….'

잠시 품안에 있던 지도를 꺼내서 펼쳐들었다.

지도에 고려와 당나라가 있었고, 그 위로 점들이 찍혀서 점과 점을 선들이 서로 이어주고 있었다.

점은 영주성이나 백습과 같은 지명이었다.

그리고 선은 원정군이 지나간 길이었다.

교역로 개척을 위해서 만들던 지도였고, 지도 위쪽 부분에는 아무 것도 그려져 있지 않았다.

그 위를 그리지 않아도 무방했다.

아니, 교역로 개척과 관련 없는 곳이었다.

그곳에 어떤 부족이 있고, 어떤 족속이 있는지는 교역로 개척 후에나 알아볼 일이었다.

하지만 상황이 바뀌었다.

지도에 표시되지 않은 곳으로 향해야 했다.

그리고 너머의 세상에 무엇이 있는지는 오직 천군만이 알고 있었다.

함께 설명을 들었던 고보장이 오성에게 물었다.

"오락후 대추장이 말한 바다가 어디에 있는지 알겠는가?"

상태왕의 물음에 오성이 곰곰이 생각했다.

그리고 대답했다.

"바다가 아닐 수 있습니다."

"바다가 아니라고?"

"예. 폐하."

"어째서 그렇게 생각하는 것인가? 분명히 부이단이 바다라고 말했었는데?"

고보장이 다시 묻자 오성이 지도를 접으면서 대답했다.

"호수가 넓으면 바다처럼 보이기도 합니다."

"호수라고?"

"오락후 대추장이 말한 대로 진짜 바다와 접한 곳이라면, 그곳은 사람이 살 수 없는 동토일 겁니다. 여기서 진짜 바다를 보기 위해선 1만 리 가깝게 북쪽으로 가야 볼 수 있으니까 말입니다."

"그 말은……."

"폐하께서도 이 땅이 둥글다는 것을 아시고, 하늘의 이치를 하신다면 극지방이 얼마나 추운 곳인지를 아실 겁니다. 그리고 북쪽 먼 바다는 극지방입니다. 그래서 적어도 사람이 사는 곳에 바다가 있어야 합니다. 호수가 몹시 넓으면 바다처럼 보이는 법입니다."

오성의 이야기를 듣고 고보장이 고개를 끄덕였다.

그리고 오성이 다시 생각했다.

'갈릴리도 호수이지만 바다라 불리기도 하니까. 고대 사람들에게 넓은 호수는 바다라고 불렸어. 그러니까, 그곳이 분명해!'

확신을 가지면서 주먹을 불끈 쥐었다.

연수가 오성의 기색을 살피면서 물었다.

"어딘지 아십니까?"

"그래. 알고 있어. 대충은 말이야. 앞으로 며칠은 더 가야 할 거야."

"예. 대장군."

"전령이나 보급 부대가 오갈 수 있어야 하니까, 나무에 표식을 남겨."

"알겠습니다."

길을 알아볼 수 없는 초원이었다.

때문에 표식이 매우 중요했고, 어느 길로 향했는지 또한 알아볼 수 있어야 했다.

지시를 받은 연수가 직접 말 위에서 내려섰다.

상온이 연수에게 자신이 하겠다고 말했고, 연수가 자신이 하겠다면서 그를 제지했다.

다만 삼족오기와 현무기를 달라고 말했고, 상온이 두 기를 구해 연수에게 넘겼다.

표식이 되는 나무 앞에 삼족오기와 현무기를 걸었다.

삼족오기로 오성과 원정군이 지나갔음을 알리려고 했다. 또한 현무는 사방신 중에서 북쪽을 뜻하는 신이었다.

두 기로 원정군이 어디로 향했는지를 표시하고 다시 말 위에 타면서 천군과 나란히 섰다.

표식이 끝나자 오성이 부이단에게 청했다.

"오락후 대추장에게 부탁할 것이 있어."

"말하시오."

"요서에 주둔 중이신 영의정 어르신께도 알려줘. 내게 알려줬던 신녀와 영고대에 관해서 말이야. 단, 어르신께만 알려드리길 바라."

천군의 부탁을 듣고 부이단이 고개를 끄덕였다.

"알겠소."

"고마워. 그리고 길잡이가 되어준 덕분에 헤매지 않고 여기까지 올 수 있었어. 원정이 끝나면 오락후에서 볼게."

"학수고대 하리다. 돌아가서 기다릴 테니 무사히 다녀오시오. 다음에 보겠소."

"그래."

뜻하지 않은 만남이자 인연이었다. 함께 인사를 나누고, 상태왕에게 부이단이 머릴 숙이면서 인사했다.

그리고 오락후 전사들을 이끌면서 왔던 길로 돌아갔다.

그들이 멀어지자 선두를 맡은 상온이 목소리를 높였다.

"전진한다!"

지도에 그려지지 않은 새 길로 진군했다.

새로운 미래를 향해서 나아가기 시작했다.

그곳은 곧 과거이기도 했다. 조선의 시작이자 환인이 거했던 곳이라, 며칠이 지나서 천군이 이끄는 원정군이 다다랐다.

온 사람들의 눈이 휘둥그레졌다.

바다 같은 호수에 이르다

초원에서 삼족오기가 나부꼈다.

삼족오기 아래에서 달리는 고려 기병들이 대략 1만이었다.

그리고 약간의 보급 수레를 비롯한 후속 부대가 연달아 달렸다.

아무 것도 없는 초원 같았지만 결코 그렇지 않았다.

야인들의 움직임을 살피기 위해서 당의 그림자들이 숨어 있었다.

그리고 그들이 고려군의 진격을 확인했다.

말을 급히 달리면서 남쪽으로 향했다.

'고려군이 철륵에 나타나다니, 대체 무슨 일이란 말인가?!

일단 조정에 알려야 한다!'

장안에 고려군의 진격을 알려야 했다.

그리 위협적인 것은 아니었지만, 그들의 출현 자체가 기이한 일이었다. 또한 방향이 범상치 않았다.

어떤 이유로 북상하는지 알 수 없었지만 정해진 조치대로 장안에 알리고자 했다.

그리고 당의 그림자에 밝혀진 고려군은 계속해서 북상하여 초원과 동토의 경계에 서게 됐다.

가는 동안 몇몇 철륵 족속에게 바다의 위치를 물었다.

며칠이 지나 바다 앞에 이르렀으니, 바다는 호수라, 달리는 동안 천군으로부터 이야기를 들었다.

온 고려군이 얼은 호수를 보면서 감탄을 일으켰다.

"와! 넓다!"

"바다잖아?! 아니, 정말 저게 호수란 말이야?!"

"엄청 넓은 호수라서 바다라 불리는 거야! 진짜 바다는 아무리 추워도 저렇게 얼지는 않아!"

"맙소사!"

속말 전사들이 탄성을 일으켰다.

그들을 이끄는 걸사비우가 연신 '와! 와!' 하는 소리를 냈고, 개마대 무사들과 함께 꽁꽁 얼어 있는 넓은 호수를 멀리서 보았다. 아주 추울 땐 바다도 어는 법이었지만 그토록 아름다운 거울처럼 얼 수는 없었다.

이제는 봄을 앞두고 있는 겨울이었다.

그러나 북쪽 땅에는 매서운 한파가 머물고 있었다.

114

얼어 있는 호수를 보면서 고보장이 오성에게 말했다.

"정말로 호수로군."

"예. 폐하."

"어째서 바다라 말했는지 알 것 같다. 호수라는 사실을 모르면 그렇게 생각할 수 있을 정도로 넓으니까. 아예 끝이 보이지 않는다."

탄성을 일으키기는 고보장도 마찬가지였다.

호수 반대편이 보이지 않는 가운데, 호수의 정체를 아는 천군이 설명을 덧붙였다.

"제가 아는 호수 중에서 가장 깊은 호수입니다."

"가장 깊다고?"

"보통 호수라 하면 깊이가 수자에서 십 수자에 불과한데, 저 호수의 깊이는 무려 1대자가 넘습니다."

"뭐라고⋯⋯?!"

"그래서 고기가 많습니다. 주변에 열매조차 맺지 않는 침엽수림이 우거져서 겨울에 먹을 것이 그다지 없지만, 호수의 얼음을 깨고 고기를 낚을 수 있기에 사람이 살 수 있습니다. 저기 부락처럼 말입니다."

"⋯⋯."

"여름이 되면 이곳은 매우 아름다운 곳일 겁니다."

당나라에서의 1자와 고려에서의 1자가 달랐다.

당나라에서 1자는 1척이었고, 고려에서의 1자는 3척을 조금 넘었다.

그리고 1대자는 3333척보다 조금 길었으니, 하늘나라의 거리 단위로는 1킬로미터였다. 호수에 붙여진 미래의 이름을 오성이 설명하면서 떠올리게 됐다.

'설마, 내가 이 시대의 바이칼을 보게 될 줄이야. 옛날에 저 위로 차를 타고 지나기도 했었는데…….'

미래에서의 일이 떠올랐다.

그리고 그것은 하늘나라에서의 일이었다.

천군의 설명을 연수가 함께 들으면서 물었다.

"하오면 저 부락에 신녀가 있습니까? 오락후 추장이 이곳에 영고대를 가지고 나간 신녀가 있다고 말했었습니다. 과연 저 부락이겠습니까?"

연수의 물음에 오성이 차분히 대답했다.

"확인해봐야지. 그리고 오락후 추장에게 우릴 만날 것이라고 예언을 했었는데, 어쩌면 우리가 온 사실도 알고 있을지 몰라. 이 모든 게 계획되었다면 말이야. 신녀는 우릴 알고 있어."

만나본 적이 없는 사람이었다. 그녀의 이름은 무엇인지, 몇 살인지도 몰랐다. 단지 고려에서 영고대를 가지고 나와 바다라 불리는 호숫가 근처 땅으로 도피한 여인이었다. 하지만 그녀가 천군의 행적을 알고 있었다.

그녀에 대한 기대와 궁금증을 함께 가졌다.

어떻게 자신에 대해서 아는 것인지, 혹은 어떻게 오락후 추장에게 고려군을 만날 것이라고 알려줬는지, 가져간 영고대가 진짜 영고대인지 궁금했다.

고보장이 군사들을 돌아보면서 오성에게 말했다.

"먼 길을 달려왔다. 말들이 쉬는 것과 먹고 자는 것 외에는 계속 달렸으니까. 이제 숙영이라도 해야 할 것 같다."

그의 말을 듣고 오성이 걸사비우를 불렀다.

"걸사비우!"

"불렀어, 형?"

"여태 달린다고 군사들이 지쳤으니까. 이제 군막을 제대로 쳐서 잠을 잘 거야. 트인 곳에는 호수에서 바람이 불어오니까, 저기 숲으로 들어가서 군영을 세워. 알겠지?"

"알겠어, 형!"

"혹시 모르니까, 경계를 똑바로 세워야 해. 당분간 보급은 없어."

"걱정하지 마! 형!"

가슴을 두드리면서 걸사비우가 자신했다.

그래도 고려의 장수였고, 속말부를 다스리는 고관이었다. 조금 걱정했지만, 모든 근심을 지우고서 걸사비우에게 맡겼다. 그리고 개마대에 관한 지휘도 걸사비우에게 잠시 맡겼다. 함께 군영을 세울 수 있게 한 뒤 용호대를 지휘했다.

상태왕이 고삐를 잡고 앞장섰다.

"짐도 함께 가겠다."

오성이 연수에게 당부했다.

"폐하를 잘 지켜드려."

"심려치 마십시오."

"좋아. 그럼 가자."

"예. 대장군."

호숫가 옆의 마을을 향해서 오성과 연수가 함께 말을 몰았다. 이어 고보장이 따라 말을 몰았고, 상온과 남생과 치혁 등의 대원들이 상태왕을 호위하면서 함께 따라갔다.

100명이 조금 넘는 인원이 일제히 말을 타고서 달리자 그 소리가 대지를 울리기에 부족함이 없었다.

말발굽 소리로 하늘이 가득 찼다.

그리고 부락에서 거니는 주민들의 모습이 눈에 들어왔다. 모피로 옷을 차려 입고 여느 야인들과 같은 모습을 보이고 있었다. 그들과 부디 싸우지 않기를 원했다. 말을 타고 부락 앞에 이르자 주민들이 하던 것을 잠시 멈추고 힐끔 쳐다보았다.

얼음 위에서 잡은 물고기를 줄에 거는 주민들이 있었다. 나무를 하기 위해서 도끼를 들고 나서기도 했다.

또한 부락 밖에서 막대를 치며 노는 아이들이 있었으니, 그들과 가죽을 살피는 여인들까지 하던 것을 멈췄다.

온 부락 주민들의 시선이 한곳으로 향했다.

그곳에 오성과 연수와 고보장이 함께하고 있었다.

상온과 남생과 대원들이 주위를 잔뜩 경계하는 가운데, 오성이 부락의 분위기를 살피면서 천천히 말을 몰았다.

입구로 향하는 오성을 보면서 연수가 걱정스러운 목소리로 불렀다.

"대장군."

"괜찮아. 위협하거나 그러는 것은 아닌 것 같아. 일단 말을 걸어볼게."

연수를 안심시키면서 주민에게 말을 걸어보려고 했다.

그리 험악한 분위기가 아닌 듯했다.

아니, 오히려 차분한 분위기였다.

주민들이 그저 하던 것을 멈추고 바라볼 뿐, 그 눈 안에 어떠한 경계나 살기도 담겨있지 않았다.

그 사실을 오성이 깨달으면서 기이함을 느꼈다.

'뭐지? 어째서 놀라지 않지? 분명 우리는 외지인일 텐데. 정말로 우리가 오는 것을 안 건가?'

문득 일어난 생각이었다. 앞서 말한 바가 씨가 되는 듯했다. 주민들의 차분한 모습에 혹시나 라는 생각을 가지게 됐다. 기대를 안고서 주민들에게 물었다.

"혹시, 고려 말이 가능한 사람이 있습니까? 있다면……."

미처 말을 다 하기 전이었다.

뒤에서 대원들의 외침이 울려 퍼졌다.

"야인들이다!"

"전투 준비! 전투 준비!"

대원들의 외침에 주민에게 말을 걸던 오성이 돌아봤다.

대열을 갖추는 대원들의 모습과, 먼 언덕 위에 선 자들을 보게 됐다.

그들은 하나같이 험악한 모습을 하고 있었다.

복장은 부락의 주민과 비슷하지만 조금 다른 것 같았고, 무엇보다 기색이 완전히 달랐다.

그것을 알아본 연수가 오성에게 보고를 올렸다.

"여기 부락 사람들은 아닌 것 같습니다."

"약탈인가?"

"그런 것 같습니다. 그것 외에는 저렇게 몰려올 이유가 없으니까 말입니다. 야인들의 수가 부락 주민들의 수에 비해서 많습니다."

주민들의 수가 대략 천 명이었다.

만약 부락을 지키는 전사들이 있다면 그 수가 100명 가량에 불과해야 했다.

하지만 몰려온 야인들의 수는 무려 수백 명이었다.

누가 보아도 부락을 지키는 전사들은 아니었다.

흉흉한 분위기를 뿜어내면서, 그들 사이에서 중앙에 선 이가 부락과 오성과 대원들을 내려다보고 있었다.

얼굴을 가로지르는 큰 흉터가 새겨진 남자였다.

그가 이끌고 온 부하들에게 물었다.

"야."

"예. 칸."

"힘없는 주민들 외에는 아무도 없다면서? 이게 어떻게 된 거야?"

부락을 습격하기 전에 미리 취했던 정보들이 있었다.

부하들이 가지고 온 정보와 맞지 않는 일이 벌어져 있었다. 부락 앞에 말 탄 자들이 있었고 강인해 보였다.

그리고 그 수가 무려 100명에 이를 것 같았다.

추장의 물음에 부추장인 듯한 자가 대답했다.

"저도 잘 모르겠습니다. 분명히 전에 살펴볼 때는 없었는데……."

"설마 날 상대로 거짓말을 한 것인가?"

"그…그렇지는 않습니다. 제가 보기엔 부락의 주민이 아닌 것 같습니다. 놈들이 깃발을 들고 있습니다."

"……?"

검지를 가리키면서 부추장이 추장에게 말했다.

부추장이 가리킨 방향에 말 탄 자들이 있었고, 그들 사이에 몇 개의 깃발이 휘날리고 있었다.

그중 한 깃발이 가만히 있다가 바람이 불자 펼쳐졌다.

나부끼는 깃발 안에 문양이 새겨져 있었다.

그리고 그 문양은 새 문양이었다. 야인들의 눈이 좋아서 문양의 상세한 형태를 알아볼 수 있었다.

"검은 새……."

"세 발 까마귀인가……?"

"세 발 까마귀를 깃발로 쓰는 나라가 있다고 들었던 것 같은데……."

고삐 줄을 붙든 야인 전사들이 술렁였다. 깃발을 알아보고 부추장이 흠칫 놀라면서 추장에게 말했다.

"칸! 고려기입니다!"

"뭐?"

"세 발 까마귀 깃발입니다! 세 발 까마귀면 고려를 상징하는 깃발이지 않습니까? 놈들이 고려에서……!"

부추장의 말을 막으면서 추장이 말했다.

"있을 수 없는 일이다!"

"하지만, 칸!"

"여긴 땅 끝과 다를 바 없는 곳이다! 여기 말고도 좋은 땅이 널렸는데, 고려가 뭐가 아쉬워서 여기까지 군사들을 보내겠나?"

"……."

"저놈들은 다른 부족에서 보낸 전사들일 거다! 그러니까 우리 밥이다! 부락의 것과 저놈들 것까지 우리가 차지한다! 겁먹는 자는 내가 직접 목을 벨 것이다!"

"……!"

"공격을 준비한다!"

"예! 칸……!"

추장이 엄포를 내리자, 부추장과 전사들이 싸울 준비를 했다. 나름의 대열을 취했고, 안장에 걸었던 무기들을 꺼내서 들었다.

칼과 도끼, 철퇴 등, 각자 손에 맞는 무기들을 들었다.

그리고 준비가 되자 추장이 먼저 고삐를 튕겼다.

"불태우고 모든 것을 취해라!"

"와아아아!"

함성을 일으키면서 전사들이 따랐다.

그리고 그들의 질주를 오성과 용호대 대원들이 봤다.

적이 자신들의 존재를 모르는 듯했다.

달려오는 발굽 소리에 얼어 있는 호수까지 울릴 지경이었다. 혹한의 땅 위로 곧 피가 뿌려질 것 같았다.

핏줄을 만나다

호수를 덮은 두꺼운 얼음에 금이 갈 정도로 큰 진동이 일어났다.

야인들이 함성을 일으키면서 말을 달리기 시작했고, 그들의 흉악함과 살기가 온몸에 새겨지는 듯했다.

언덕 아래로 달려오는 야인들을 보면서 오성이 연수에게 명령했다.

"폐하와 주민들을 지켜야 한다! 전투 준비 명령을 내려! 어서!"

"예! 대장군!"

"화기부터 장전해라! 화기로 적의 예봉을 꺾는다!"

"알겠습니다!"

군영을 세우기 위해서 숲으로 들어간 걸사비우에게 지원군을 요청할 수 없었다.

하지만 속말군이나 개마대의 지원이 없어도 충분했다.

용호대 대원들마다 권총으로 무장하고 있었고, 대원들이 가진 무력은 능히 100명 혹은 1000명 이상의 적을 상대할 수 있었다.

달려오는 야인들을 상대로 얼마든지 싸워 이길 수 있었다.

그럼에도 한 치의 빈틈을 허락지 않고자 했으니, 어떤 한 사람의 희생조차 반드시 막고자 했다.

돌아서서 주민들에게 크게 소리쳤다.

"피해, 어서! 우리가 지켜줄 테니까!"

"……"

"피하라고!"

"……"

크게 소리침에도 주민들이 반응하지 않았다.

약탈을 위해서 야인들이 달려오고 있음에도 결코 놀라거나 두려워하지 않았다.

'뭐야, 대체?'

주민들의 행동을 보면서 오성이 이상하게 생각했다.

담담한 모습을 보이는 주민들의 모습에 황당함을 느끼기까지 했다.

이내 오성도 권총을 빼들면서 싸울 준비를 했다.

미래에서 가지고 온 소총이 있었지만 실탄이 그리 남지 않아 아껴야 했다.

엄지로 격발기를 당긴 뒤 적을 향해서 총구를 조준했다.

그리고 대원들에게 외치면서 검지를 당겼다.

"발포!"

타타탕! 타탕!

히히힝!

"크아악!"

"어흑!"

"윽……!"

귀가 먹먹해질 정도의 소리 폭풍이 일어났다.

새하얀 연무가 일시에 뿜어져 나왔고, 앞에서 달리던 야인 수십 명이 말과 함께 비명을 지르면서 쓰러졌다.

그로 인해 함께 달리던 다른 야인들이 고삐를 잡아 당겼다.

"뭐야, 이건?!"

대체 무슨 일이 일어났는지 알 수 없었다.

이명이 귓속을 가득 채우다가 고막이 풀리면서 신음하는 전사들의 소리를 들었다.

말에서 떨어진 전사들이 고통 속에서 몸부림 쳤다.

혹은 피를 토하면서 삶의 끈을 이만 놓아버렸다.

모든 야인들이 몹시 당황한 가운데, 권총을 안장에 꽂고 검을 뽑아 든 오성이 앞을 겨누었다.

"돌격!"

"와아아아!"

"쳐라!"

앞서서 달리며 대원들을 이끌었다.

이어 연수와 상온과 치혁과 남생이 군마를 몰았다.

곡산 검과 도끼 창 등을 뽑아들면서 경직 된 야인들에게 뛰어들었다.

그리고 야인들을 썰어내기 시작했다.

"크학!"

"커헉!"

"으악!"

"놈들을 막아라! 아아악!"

야인들의 절규가 울려 퍼지기 시작했다.

여전히 수백 넘는 전사들이 있었고 손에 흉기를 들고 있었다.

하지만 이미 혼란에 빠지면서 뭘 어떻게 해야 될지 몰랐다.

반사적으로 맞서기 위해 무기를 휘두르면서 대응했다.

하지만 정교한 살인술을 배운 대원들이 거의 바람처럼 야인들 사이를 스쳐 지나갔다.

조잡한 야인들의 가죽 갑옷을 베고 목을 베었다.

또한 묵직한 도끼창이 그들의 몸과 말을 날려 보냈다.

"으랏차!"

"……?!"

상온의 기합 소리 한 번에 전사 여럿이 쓸려 나갔다.

그 모습을 보고 야인들의 추장이 몹시 당황했다.

"뭐야, 이놈들은?!"

부추장이 다급한 목소리로 외쳤다.

"고려군입니다!"

"뭐?!"

"정말로 고려군입니다! 천둥소리를 일으켜서 사람을 죽인다는 이야기를 들으셨잖습니까!"

"……?!"

"소문이 진짜였습니다! 놈들을 상대로 싸워 이기실 수 없습니다! 칼을 쓰는 것도 놈들이 훨씬 잘 합니다! 지금 바로 전사들을 물리셔야 됩니다!"

"…….."

"칸!"

고려에 관한 소문들이 있었고, 그중 한 가지가 바로 천둥을 일으켜서 사람을 죽인다는 소문이었다.

소문의 진실을 확인하고 넋 나간 반응을 보였다.

그런 추장에게 부추장이 소릴 질렀다.

물러나야 한다고 몇 번이나 말했지만, 그 말에 추장이 대답하지 않았다.

아직 전사들이 많아서 어떻게 해 볼 수 있지 않을까라는 생각이 씨앗만큼 있었다.

그리고 그 생각마저도 지워져 버렸다.

"놈들이다! 놈들이 더 있어!"

"이런, 망할! 엄청 많잖아!"

측편을 본 전사들이 기겁하면서 소릴 질렀다.

그들이 보는 방향에 숲이 있었고, 숲에서 수많은 기병들이 쏟아져 나오고 있었다.

맞서 싸우는 자들과 한 편인지 세 발 까마귀 깃발이 나부꼈다.

또한 맨 앞에서 달리는 이의 목소리가 매우 컸다.

큰 검을 든 소년이 맹호처럼 포효하면서 기병들을 이끌었다.

"폐하와 형을 습격했어! 한 놈도 살려두지 마!"

"예! 장군!"

걸사비우가 부철과 전사들에게 소리쳤다.

그리고 그들과 달려 나오는 개마대를 보면서 야인들이 더이상 대적할 수 없다는 생각을 가졌다.

부추장이 다시 추장을 불렀다.

"칸!"

추장이 정신을 차리면서 급히 전사들에게 지시했다.

"물러난다! 속히 물러나! 어서!"

"예! 칸!"

지시를 받은 부추장이 소리쳤다.

그리고 그 모습을 검을 휘두르던 오성이 목격하게 됐다.

추장과 부추장의 지시를 따라 야인들이 기수를 돌리면서 도망치기 시작했다.

"튀어! 어서!"

고삐를 수차례 튕기면서 누구 먼저 할 것 없이 일제히 도주하기 시작했다.

전사들과 함께 추장과 부추장도 말을 몰았다.

전력을 다해서 벗어나려 했고, 속히 도망치지 못한 전사 몇 명을 대원들이 죽였다.

그리고 오성을 봤다. 등에 메고 있던 소총을 빼든 오성이 야인들의 추장을 노렸다.

'놓칠 듯 싶냐!'

도망치는 것은 항전의 의지를 밝히는 것과 같았다.

후에 다시 전열을 갖춰서 공격해올 수 있었다.

그와 같은 일이 벌어지지 않도록 미리 조치를 취할 필요가 있었다. 조준경 안에 추장의 등을 맞추고 숨소리를 죽였다. 방아쇠에 검지를 걸어둔 채 총을 끌어당긴다는 생각으로 격발을 이뤄냈다.

철컥.

소리와 함께 '빵!' 하는 소리가 크게 일어나야 했다.

그런데 소리가 일어나지 않았다.

"엇, 뭐야?!"

당황하면서 몇 번이나 방아쇠를 당겼다. 조정간이 잘못된 것은 아닐까 하며 총 측면을 살피게 됐다.

하지만 이상이 없었다. 발포되지 않는 HK416 소총을 살피는 사이, 작은 화살 한 발이 공중을 가로질렀다.

퉁!

소리와 함께 통아를 빠져나간 아기살이 추장의 등과 가슴을 뚫어버렸다.

"커헙?!"

"칸……?"

"으윽…….."

"칸? 칸?! 칸! 이럴 수가!"

화살에 뚫린 추장을 보면서 부추장이 급히 부르짖었다.

하지만 말에서 떨어지는 추장을 붙들 수 없었고 살아남는 것이 우선이었다.

전사들도 경악만 크게 일으켰을 뿐, 어느 누구도 추장을 도울 수 없었다. 눈물을 머금고 계속 고삐를 튕겼다.

그렇게 전장에서 이탈했고, 숱한 야인 전사들의 시신들만 남게 됐다. 속말군과 개마대를 이끌고 온 걸사비우가 오성에게 상태를 물었다.

"형! 괜찮아?!"

"그래."

"폐하는?"

"괜찮으셔. 네 덕분에 놈들이 빨리 물러났어. 정말 잘했어!"

형의 칭찬에 걸사비우의 어깨가 들썩였다.

기수를 돌리며 부철과 전사들에게 큰 소리를 쳤다.

"봤지? 이게 다 내가 잽싸게 나와서 그런 거라니까."

"아, 예……."

적당히 상관에게 맞장구를 쳐주면서 기분을 망치지 않았다. 그런 속말 전사들과 걸사비우의 모습을 지켜보면서 오성이 피식 웃었다.

그리고 연수와 대원들을 봤다. 상온과 치혁과 남생을 번갈아 봤고 연수를 통해서 보고 받았다.

"사상자는 없습니다. 대장군."

그야말로 압도적인 전과였다.

화기로 적을 휩쓴 후에 충격을 가했던 것이 주효했다.

전투를 지켜보던 주민들도 크게 충격 받았을 것이라고 생각했다. 다시 주민들을 보았고, 그들이 보인 반응들을 보면서 기이함을 느꼈다.

'뭐지, 대체……?'

고보장도 오성과 똑같은 기분을 느끼고 있었다.

"놀라거나 두려워하지 않는다. 마치 우리 일을 남의 일처럼 여기고 있다."

"……."

"우리와 생각이 조금 다른 것 같다."

여태 차분한 모습들을 계속 보여줬다.

그런 주민들의 모습에 고보장 나름대로 결론을 내렸다.

인간의 탈을 쓴 다른 존재처럼 여겨졌다. 그만큼 이질적이었다. 하지만 눈앞의 이들은 누가 보아도 사람이었고, 여느 사람들과 다르지 않을 것이라고 생각했다.

고삐를 조금 흔들어서 천천히 부락으로 접근했다.

그리고 주민들 앞에 섰다.

잠시 그들을 내려다보며 무슨 생각을 하는지, 어떤 반응을 보이는지 알아보려고 했다.

말이 통하지 않을 것이라고 판단을 내린 가운데, 뒤쪽에 서 있던 주민이 앞으로 나오는 것을 보았다.

'뭐지? 할 말이 있는 건가?'

머리카락이 조금씩 새어지는 중년의 남자였다.

그리고 부락에서 가장 나이가 많은 자 같았다.

그가 앞으로 와서 목소리를 내었다.

"고려 말을 할 수 있소."

"뭐……?"

"나뿐만 아니라, 여기에 서 있는 모든 사람들이 말이오. 우리는 고려와 같은 옛 조선의 후예요."

"……?!"

"천군님께서 우릴 노리는 야인들을 물리쳐 주실 것이라고 천녀님께서 예언해주셨소."

상상하지 못한 일이었고, 갑작스런 만남이었다.

어쩌면 우연이라 여겼던 모든 일도, 철저한 계획 속에서 이뤄졌을 수도 있었다.

이역만리에서 한 핏줄을 보는 것도 그러했다.

주민들의 정체를 듣고 오성이 눈을 껌뻑이게 됐다.

당황한 천군에게 자신들의 정체를 알린 남자가 말했다.

"이제 천녀님께 천군님을 모시겠소."

그리고 다시 천군이 놀랐다. 그들이 천녀라 부르는 존재가 신녀라는 것을 알았다. 그녀의 존재가 사실이었고, 그녀에게 관련 된 모든 것이 알고 싶었다.

여태 알지 못했었던 비밀들을 묻고자 했다.

그리고 답을 얻을 수 있을 것이라고 생각했다. 걸음을 옮기면서 처음부터 준비 된 길을 걷기 시작했다.

천녀를 만나다

숲 안에 군영이 설치되고 삼족오기가 세워졌다.

울창한 숲이 호수에서 불어오는 매서운 바람을 막아줬다.

혹한이 머무는 땅이었지만, 덕분에 군막을 치고서도 충분히 지낼 만 했다.

장작을 불 피우면서 몸을 녹였다.

먼 길을 온 군사들 대부분이 휴식하는 가운데, 열 중 하나가 숲 밖의 부락에서 경계를 벌였다.

일당백 이상의 실력을 지닌 용호대와 일부 속말군과 개마대가 머물렀다.

그리고 함께 부락의 주민들을 지키면서 야인들의 습격을

경계했다.

그들 전체를 걸사비우가 잠시 지휘했다. 또한 숲에서 사냥한 짐승 중 일부를 주민들에게 나눠줬다.

큰 사슴을 내려다 놓으면서 주민들에게 말했다.

"호수의 물고기만 먹지 말고, 여기 사슴 고기도 먹어 봐. 불에 구워서 먹으면 정말 맛있으니까. 고기를 먹으면 나처럼 힘도 세지고 뼈도 튼튼해질 거야."

"……."

"한번 먹어 봐."

형처럼 주민들에게 선정을 베풀려고 했다.

그런 걸사비우의 행동에 주민들이 멍하니 있다가 이야기했다.

사슴고기에 관해서 이야기 하다가 걸사비우에게 감사의 뜻을 전했다.

"고맙소. 맛있게 먹겠소."

"우릴 지켜주는 것만으로도 이렇게 감사한데, 먹을 것까지 나눠주니 어떻게 보답해야 할지 모르겠소."

"필요한 것이 있다면 언제든지 말하시오."

어려 보였지만 그래도 일국의 장수였다.

존대와 예우를 해주면서 사슴고기를 나눠준 걸사비우에게 고마운 마음을 전했다.

그리고 주민들의 감사를 듣고 걸사비우가 만족한 미소를 지었다.

그때 한 소녀가 걸사비우에게 와서 모피 옷을 줬다.

"뭐야, 이건?"

"선물."

"선물?"

"여기는 바다 옆이라 자주 바람이 불어. 그 옷을 입으면 춥지 않을 거야."

소녀가 건네주는 옷을 걸사비우가 받았다.

그때 바람이 불면서 걸사비우의 목을 얼음장으로 만들었다.

추위에 걸사비우가 온몸을 뒤틀면서 모피 옷을 끌어안았다.

그리고 자신에게 선물을 준 소녀에게 이름을 물었다.

"이름이 뭐야?"

"내 이름?"

"그래, 네 이름."

"내 이름은, 지현이라고 해."

"지현?"

"그래 지현. 아버지께서 슬기롭게 살라고 지어주신 이름이야."

소녀의 대답에 걸사비우가 환하게 웃었다.

"네 이름을 꼭 기억할게."

걸사비우의 웃음에 그와 나이 비슷한 지현 또한 미소를 지었다.

부락을 지켜준 은인을 보면서 얼굴을 붉혔다.

소녀의 마음을 걸사비우는 대수롭지 않게 생각했다.

그저 모피 옷을 받았다는 생각에 기뻐했다.

멀리서 상온과 치혁이 지켜보고 있었고, 치혁이 툴툴 거리면서 상온에게 말했다.

"여기는 겨울인데 저쪽은 봄이네요."

"그러게 말이야……."

"하온데 이렇게 있어도 되겠습니까?"

"뭐가?"

"호위군도 없이 폐하와 대장군께서 부락의 장로를 따라가시지 않으셨습니까. 우리 장군님도 함께 말입니다."

"……."

"아무리 호위군과 함께 가실 수 없다고 장로가 말했다지만……."

치혁이 장로의 이야기를 떠올리면서 상온에게 말했다.

그의 말에 상온도 지난 일들을 떠올렸다.

고려에서 나간 신녀로 여겨지는 천녀에게 안내해주겠다는 말을 장로가 말했다.

그리고 그의 말대로 어떤 호위군도 없이 상태왕과 천군과 상관이 따라나섰다.

세 사람 외에는 어느 누구도 함께하지 않았다.

하지만 위험하지는 않을 것 같았다.

무엇보다 두 사람의 무력을 잘 알고 있었다.

"장군께서 계시니까. 그리고 대장군께서도 계시니까 별 일 없을 거야. 두 분은 고려에서도 손에 꼽히는 무예가이시다."

세 사람의 안전을 믿고 기다리기로 했다.

그리고 주민들을 지키라는 하명을 목숨과 같이 여기고자 했다.

부락에서 머물면서 어떤 야인들의 접근도 막고자 했다.

그렇게 부락에서 시간을 보냈다.

그리고 군을 남겨둔 오성과 연수가 상태왕인 고보장과 함께 안내하는 장로를 따랐다.

부락을 기준으로 군영이 세워진 숲의 반대편 숲이었다.

정오 가까운 낮 시간임에도 숲이 짙어서인지 매우 어둡게 느껴졌다.

주변을 돌아보면서 무엇이 길의 기준이 되어주는지 알 수 없었다.

표식조차 없는 상태에서 오직 장로의 발걸음만 따를 뿐이었다.

그러다가 따뜻한 기운이 주위를 감도는 것을 느끼게 됐다.

'뭐지? 뭔가 따뜻한데… 수풀에 생기가 감돌고 있어… 설마 여기만 기온이 오른 건가? 뭔가 다른 세계 같아.'

소나무와 같은 침엽수가 우거졌던 숲이었다.

하지만 어느 순간부터 앙상한 가지를 가진 나무들이 늘어났다.

그리고 약간의 싹과 꽃을 피운 나무들도 있었다.

추위가 덜해지고 훈훈한 기운이 얼었던 가슴까지 녹일 지경이었다.

기이한 경험을 하면서 논리적으로 생각하려 했다.

'혹시, 지열 때문인가? 땅의 충돌로 바이칼 호수가 만들어

졌다는 이야기를 들었던 것 같은데…….'

과학적인 지식으로 눈앞에 펼쳐진 광경을 머릿속에서 설명해보려고 했다.

하지만 설명할 수 없었다.

미래에 '바이칼'이라 불리는 호수 주변의 겨울은 영하 수십 도를 오가는 혹한의 땅이었다.

그런 곳에서 일부 땅만이라도 0도에 가까운 기온을 보일 수는 없었다.

몇 번이나 논리적으로 생각해보려다가 자신을 기억하면서 포기하게 됐다.

'하긴. 내가 이 시대에 온 일부터 말이 안 되지. 그냥 받아들이는 수밖에…….'

보이는 풍경들을 있는 그대로 받아들이려고 했다.

때로는 아무리 논리적으로 설명하려 해도 할 수 없는 것들이 있었다.

그저 장로가 말한 천녀를 만나서 이야기를 나누고자 했다.

잠시 후 숲 안에 숨겨진 부락에 이르렀고, 그곳에 거주하는 주민들의 온 시선을 받았다.

하나같이 모피 옷을 입고 여느 야인들과 같은 모습을 보였다. 하지만 험악한 분위기가 아니었다.

그저 평안한 모습이었다.

여인의 품에 안긴 아이가 검지로 가리키면서 물었다.

"엄마, 누구야?"

"손님이구나."

"손님?"

"천녀님께서 알려주신 손님 말이다. 천군님께서 오신 것 같구나."

여인과 아이가 하는 말이 들렸다. 고려 말이었다.

때문에 뭔가 기분이 묘했다.

옛 조선의 후예라는 말이 맞는 것 같았다.

복식 외에 별다를 게 없었다.

그렇게 부락 안의 한 집 앞에 이르게 됐다.

"혹시, 여기인가?"

"그렇소."

"그러면 안에……."

"기다리고 계시니, 안으로 드셔서 천녀님을 뵈시면 되오."

장로가 집 앞에 서서 천녀의 집이라는 사실을 알렸다. 그 말을 듣고 오성이 머릴 숙이면서 감사의 뜻을 밝혔다.

그리고 고보장에게 말했다.

"소장이 먼저 들어가 보겠습니다."

"함께 들어가겠다. 그리 위험한 일도 없을 테니까."

앞장서서 들어가려 했고, 고보장이 오성과 함께 들어가려고 했다. 결국 연수를 포함해 세 사람이 함께 집안으로 들어갔다.

작은 마당을 지나, 덤불이 감싼 둥근 문을 지나서 큰 마당으로 들어갔다. 예쁜 오두막 같은 본채와 별채들이 있음을 확인하면서 천녀라 불리는 신녀를 찾기 위해 이리저리 살피기 시작했다. 하인이나 하녀조차 보이지 않았다.

소리를 내어서 그녀를 불러보려고 했다. 그때 소리 내던 것을 멈추고 안쪽의 별채에 시선을 두게 됐다.

'저건……'

"대장군?"

오성이 멈칫한 후에 발걸음을 옮겼다.

그의 반응을 보면서 연수가 궁금히 여겼다.

이내 상태왕이 눈짓을 주면서 함께 따라갔고, 두 사람은 뒤쪽 별채 앞에 선 오성이 무언가를 주시하고 있다는 것을 알았다. 제단이 있었고 그 위에 석판 하나가 놓여 있었다. 그것을 보는 천군의 몸이 떨렸다.

고보장이 그의 뒤쪽으로 다가가서 석판을 보았다.

"……."

석판을 본 후에 천군에게 물었다.

"저것이 진짜 영고대인가?"

고보장의 물음에 오성이 바로 대답하지 않았다.

아니 그럴 수 없었다. 그야말로 정신이 없었다.

하지만 이내 제정신을 차리면서 떨리는 목소리로 대답했다.

"예. 폐하……."

"정말, 신녀들을 농락했던 천우 놈이 다시 떠오르는군. 신물 없이 전쟁에서 패할 것이라고 거짓 신탁을 내렸었던 그자를 말이다. 그동안 영고대의 행방이 묘연해서 짐도 신경 쓰였는데, 이렇게라도 발견해서 참으로 다행이다."

진짜 영고대를 찾아냈다.

그리고 영고대가 어떤 신물인지 고보장이 이미 알고 있었다. 그것은 천군을 하늘에서 떨어트린 신물이었다.

또한 고려의 미래와 관련 된 것이었다.

적의 손에 있지 않고, 직접 눈으로 보게 된 사실이 무척 다행이었다. 그렇게 큰 기쁨을 누리고 있을 때, 뒤에서 일어나는 여인의 목소리를 들었다.

"드디어, 오셨군요."

목소리를 듣고 함께 돌아섰다. 오성과 고보장과 두 사람을 따르는 연수까지 돌아서서 뒤에 서 있는 여인을 보았다. 머리카락은 백색에 피부에 잔주름이 많아 그녀의 나이가 적지 않음을 알리고 있었다.

적게는 45세, 많게는 55세에 이를 것 같았다.

그리고 옷차림이 부락 사람들과 상당히 달라보였다.

무명옷을 입은 탓에 오히려 부락 주민들보다 귀한 사람처럼 보이고 있었다.

모피 옷보다 무명옷이 보다 문명인처럼 여겨지고 있었다. 그래서 정말로 고려 사람처럼 보였다.

고려 여인들처럼 머리를 올려서 묶은 모습이었다.

그녀가 누구인지 이내 세 사람이 깨달으면서 가장 가까이에 있던 연수가 물었다.

"혹, 천녀십니까?"

그녀의 물음에 여인이 미소를 보이면서 대답했다.

"네. 제가 세 분께서 찾으시는 고려 신녀입니다."

"……."

"세 분을 뵙기는 저로서도 처음입니다. 참으로 영광입니다. 그리고 제게 하실 말씀이 많으시다는 것을 압니다. 이곳에서 말씀을 나누기가 뭣하니, 제가 안으로 모시겠습니다."

허리를 굽히면서 인사했다.

그리고 인자한 미소를 지어보이고선 발걸음을 옮겼다.

가까운 별채로 천녀가 움직였고, 그녀를 보던 연수가 오성과 상태왕을 번갈아보았다. 고보장이 먼저 걸음을 옮겼다.

"가서 이야기를 나눌 것이다. 짐도 궁금한 것이 많으니까 말이다. 두 사람도 궁금한 것이 있다면 즉시 물어보라."

"예. 폐하."

그동안 풀리지 않은 의문이 가득 쌓여 있었다.

영고대에 관한 것과 그녀가 세 사람을 기다린 것과, 그녀가 어떻게 예언을 할 수 있었는지 모든 것이 궁금했다.

그러한 의문을 해결하기 위해 고려 신녀인 천녀를 따라갔다. 그리고 그녀가 들어간 별채에 발을 내딛었다.

찻잔들이 준비되고 그 위로 따뜻한 찻물이 부어졌다.

이야기를 나눌 준비가 끝났다.

모든 것의 시작을 알다

상태왕인 고보장이 상석에 앉았다.

그리고 가까운 자리에 각각 천녀와 오성이 마주본 상태로 앉았다.

오성 곁에 연수가 나란히 앉았고 천녀를 받드는 소녀가 차를 준비했다. 네 사람 앞에 각각 찻잔이 놓였다.

차가 따라지고 언제든지 목을 축일 수 있게 됐다. 상태왕에 대한 예우로 고보장이 먼저 차 한 모금을 마셨다.

그리고 천녀와 오성과 연수가 따라 차를 마셨다.

고보장이 조심스럽게 천녀에게 물었다.

"혹시 이름이 있는가? 그저 신녀나 천녀로 불리는 것 외에,

사람으로서 이름이 있을 것이라고 생각한다. 혹시, 알려줄
수 있겠나?"

　상태왕의 물음에 천녀가 미소를 보이면서 공손하게 말했
다.

　"수연입니다."

　"수연?"

　"예. 폐하."

　"뭔가, 용호대장과 비슷하군. 용호대장의 이름이 그대
의 이름과 정반대니까 말이다. 잊어버릴 이유는 없을 것 같
다."

　고보장이 헛웃음을 일으켰고 '수연'이라는 이름을 가진 천
녀가 한 번 더 미소를 지었다. 그리고 자신과 이름이 비슷한
연수를 보았다. 천녀의 시선을 받음에 연수가 어색하게 미소
지었다. 그리고 먼저 궁금한 것을 물었다.

　질의문답이 자유로웠다.

　"숲 밖의 주민들의 말로는 같은 조선의 후예라고 들었습니
다. 그리고 여기 주민들도 우리와 같은 말을 하는 것을 들었
는데, 똑같은 고려 말을 쓰면서 어째서 이곳에 동 떨어져서
지내는 것입니까? 고려에서 여기까지는 그야말로 1만 리에
달합니다."

　연수의 물음에 천녀가 주민들이 멀리서 지내는 이유에 대
해서 알려줬다.

　"고려의 도읍은 평양이지요."

　"예. 천녀님."

"그리고 고려의 선조국인 조선은 요하 부근에 도읍을 세웠습니다. 후에 평양으로 천도가 이뤄졌지만 말입니다. 조선을 세우신 분이 초대 단군이시고, 단군의 부친과 조부님이 각각 환웅과 환인이십니다. 그리고 환인께서 이곳에 오셨습니다."

"환인이라고, 말씀입니까……?"

"그 전엔 어디에 계셨는지 모릅니다. 다만 하늘에서 오셨다는 말씀만이 전승되고 있지요. 어찌되었건, 이곳은 조선 족속의 뿌리 같은 곳이고, 저희들은 예로부터 이 땅을 지켜왔습니다. 영고대와 함께 말입니다. 영고대를 지키기 위해 이곳에 계속 머물렀습니다."

더욱 많은 의문들이 생겨났다. 연수의 물음에 천녀가 답해줬지만 의문만 더욱 증폭하였다. 영고대를 지키기 위해서 머물렀다는 것이 이해되지 않았다. 그때 연수를 대신해서 오성이 나서서 천녀에게 물었다.

"그 말은 즉, 영고대가 이곳에 있던 것이다?"

천녀가 대답했다.

"맞습니다. 대장군."

"본래 평양에 있지 않았었나?"

"평양에도 있었지만, 대여에 가깝습니다."

"대여라고?"

"대장군께서 말씀하시는 하늘나라의 표현을 빌려서 말입니다. 본래 영고대는 이곳에 있었고, 그것이 어떻게 쓰이냐에 따라서 얼마나 위험한 신물인지 아실 겁니다. 특히, 천군님이신 대장군과 이를 아시는 상태왕 폐하께서는 말입니다."

"……."

"그래서 저희들은 본래 세상에 노출되어선 안 되는 존재들입니다. 하지만 세 분께서 오시는 것을 알기에 마중을 위해서 부락을 세우고 기다렸습니다. 세 분께서 야인들을 물리쳐 주실 것이라는 것도 알고 있었습니다."

천녀의 대답을 듣고 일부 의문점들이 해결됐다.

하지만 여전히 많은 궁금한 것들이 남아 있었다.

이번에는 고보장이 나서서 물었다.

"짐도 천군으로부터 이야기를 들어서 대략적인 것만 안다. 영고대가 구체적으로 어떤 것인가?"

상태왕의 물음에 천녀가 대답했다.

"하늘에서 떨어진 천체로 만들어진 것입니다."

"천체로 만들어졌다고?"

"시간을 넘어 계시와 신탁을 가능하도록 만드는 신물입니다. 때문에 영고대를 통한 지식 습득과 혜안 발휘가 가능해집니다."

"고려에 있을 때 제대로 쓰인 적이 있는가?"

"예. 폐하. 있습니다."

"그것이 언제인가?"

영고대가 평양에서 쓰인 적이 있는지 천녀에게 물었다.

그리고 대답을 들었다.

"폐주께 신탁을 드린 적이 있습니다."

"고건무에게 말인가?"

"당나라에 맞서는 것을 포기하시면 나라가 멸해질 것이라고 말씀을 드렸습니다. 하지만 말씀을 들으시지 않으셨습니다. 이미 조정을 장악한 친당파 대신들을 더욱 믿고 있었으니까 말입니다. 그 후에……."

"짐이 영의정과 함께 고건무를 쳤었지."

"폐하께서 친당파 대신들을 소탕하셨지만 여전히 많은 대신들이 남았었습니다. 그중 한 사람이 우부연이었고, 우부연이 제천장과 어떤 관계였는지 아실 것입니다. 저는 천우가 제천장에 오르기 전에 먼저 영고대와 함께 평양에서 탈출했습니다."

"그리고 이곳에 가지고 온 것이로군."

"이곳에서 천신께 기도를 드렸습니다. 물로 평양에서도 드렸었지만 말입니다. 부디 멸망으로 달려가는 고려를 구하여 달라 기도를 드렸고, 후손들의 나라라도 구해달라고 기도를 드렸습니다. 그리고 응답을 받았었습니다. 평양에서, 그리고 이곳에서 말입니다."

"……."

"천신께서 제 기도를 들어주셨습니다."

답변 끝에 천군인 오성을 보며 미소 지었다.

그리고 그녀가 자신이 누구인지 아는 것을 깨달았다.

오성이 천녀에게 물었다.

"내가 누구인지 알고 있군요."

그의 물음에 천녀가 고개를 끄덕였다.

"알고 있습니다. 저는 시간의 문을 엿보는 존재이지만, 당신은 시간의 문을 넘어선 존재이지요. 이곳에 계신 것이 천신의 뜻입니다."

자신이 누구인지 천녀가 알고 있었다. 그녀의 말에 오성이 그녀 말한 모든 것이 진짜라는 것을 깨달았다. 그저 그녀의 이야기를 믿는 것이 아닌, 실질적인 신뢰성으로 믿기 시작했다.

그때 연수가 몹시 놀라면서 천녀에게 물었다.

"대장군께서 시간의 문을 넘으셨다고요?"

"예. 장군."

"그 말씀은 과거나 미래에서 오셨다는 이야기입니까? 하늘나라가 아니라……."

깨달음을 얻으면서 천녀에게 물었다. 그리고 혹시나 라고 여기는 연수의 물음에 천녀가 사실임을 알려줬다.

"미래에서 왔습니다."

"미…미래에서……."

"아마도 장군의 생각보다 훨씬 먼 미래에서 오셨습니다. 우의정 어르신께서 말씀하시는 하늘나라는 미래의 고려를 말씀하시는 것입니다."

"……?!"

천녀의 대답에 연수가 다시 움찔하면서 놀랐다.

눈을 크게 뜨고 멍한 모습을 보이다가 오성에게 시선을 맞추고 묻게 됐다.

"사실입니까……?"

그녀의 물음에 오성이 대답했다.

"사실이야."

"하오면……."

"천녀님의 말대로 나는 미래에서 왔어. 무려 1500년 가까운 미래에서 말이야. 때문에 이 시대 사람들은 내게 있어서 선조님들이야. 내 집에서 일하는 나한이나, 창운, 걸사비우까지 말이야."

"그런……."

"영고대를 통해서 천 년이 넘는 시간을 거슬러 왔어."

오성의 대답을 듣고 연수의 눈동자가 심히 흔들렸다.

연모하는 천군이 고려의 후손이라는 사실이 믿어지지 않았다. 몇 번이나 그가 했던 말을 의심했고, 자신이 들은 것이 진짜인지 그의 얼굴을 보면서 눈을 껌뻑였다.

그러다가 진짜라는 것을 알게 됐다. 상태왕을 보자, 그에게 놀란 기색이 없다는 것을 알게 됐다.

고보장에게 연수가 조심스럽게 물었다.

"혹시, 알고 계셨는지요……."

연수의 물음에 고보장이 고개를 끄덕였다.

"알고 있었다. 대장군이 어떤 사람인지 말이다. 그리고 미래에서 무엇을 하다 이 시대에 오게 되었는지도. 미래에서 당나라 후손들이 영고대를 차지하려고 했다지."

"……."

"우의정이 막으려다가 시간의 문을 열고 이 시대에 왔다. 바로 용호대장의 아비가 전투를 치르던 전장으로 말이다. 그때 우의정이 하늘에서 떨어졌다."

그동안 어느 누구에게도 알리지 못한 천군의 진실이었다. 신뢰할 수 있는 몇 사람 외에 어느 누구도 알아서는 안 되는 일이었다.

그러한 몇 사람 중에 연수가 되고 있었고, 여태 누구도 몰랐던 이야기가 천녀를 통해서 알려졌다. 그녀가 세 사람에게 숨겨졌던 또 하나의 이야기를 알려줬다.

"장군의 스승이신 설태천 장군께서도 아십니다."

"네? 지…지금 말씀하신 것을 말입니까……?"

"고려의 미래를 구하기 위해서 설태천 장군의 힘이 필요했습니다. 그래서 알려드렸습니다. 천신의 뜻과 계시를 말입니다. 덕분에 설태천 장군의 무예가 우의정 어르신께까지 이어졌습니다. 그것으로 인해서 어떤 일이 있었는지 장군께서 잘 아실 것이라 생각합니다. 그리고……."

이야기 하던 중에 천녀가 말끝을 흐렸다.

설태천이 그녀로부터 신탁과 예언을 받았다는 사실은 처음 밝혀지는 일이었다. 때문에 고보장도 놀랄 수밖에 없었다. 눈을 키우면서 천녀를 봤다.

그리고 어째서 설태천이 미래를 알아야 했는지 깨닫게 됐다. 그로 인해서 자신과 연개소문 편에 선 것이라는 생각이 들었다. 정변 후에 잠적하여 연수를 만났고, 그녀에게 무예를 가르치면서 천군에게 그의 검술이 이어지게 됐다. 그 검술로 천군이 스스로를 구했다.

천군의 수호가 이뤄지는 원대한 계획의 시작점이 그곳에

있었다. 그리고 또 하나의 계획이 있었다.

"장군의 부친께도 말씀 드렸습니다."

"네?"

"목숨을 바쳐서라도 천군을 구해야 된다고 말입니다."

"……?!"

"천군을 구하는 것이 곧 고려를 구하는 것이었습니다."

새롭게 밝혀진 진실이었다. 연수의 아버지인 온사문이 모든 것을 알고 있었다. 때문에 그의 죽음이 돌발적으로 불행하게 벌어진 것이 아님을 깨닫게 됐다. 자신의 목숨을 버리면서까지 천군을 구하려 했었다. 그것이 곧 고려를 구하는 것이었고, 미래 대한민국을 구하는 것이었다. 충격이 두 사람에게 직격한 가운데, 온사문의 마음을 깨닫게 된 고보장이 연수에게 말했다. 그가 아버지의 마음을 전했다.

"용호대장을 구한 것이다. 천군을 구하는 것이 곧 고려를 구하는 것이었으니까."

"……."

"용호대장을 구하기 위해서 천군과 고려를 구한 것이다."

다시 아버지의 사랑을 느꼈다. 본래의 미래에서 고려는 망국이 되어야 했고, 수많은 백성이 죽으면서 자신 또한 그렇게 될 수 있었다. 자신을 지키기 위해 아버지가 목숨을 바쳤다. 천군을 구하면서 멸망으로 달려가던 고려를 구했다. 그리고 백성을 지키고자 했던 자신의 꿈이 이뤄졌다. 다시 눈에서 눈물방울들이 떨어졌다.

"아버지⋯⋯."

모든 것이 천신의 계획과 고려를 구하고자 하는 이들의 의지대로 이뤄지고 있었다. 새로운 미래는 반드시 피 위에서 세워지고 있었다.

천명을 도구로 삼으려는 자

　모든 진실을 깨달았다.

　그저 불행이라고만 생각했던 아버지의 죽음이 천군과 고려의 미래를 구하기 위함이었다.

　그 사실을 아버지가 알았고, 자신 또한 구하려 했던 마음을 알게 됐다.

　아버지에 대한 감정으로 얼굴이 적셔졌다.

　그리고 시간이 지나 안정을 얻었다.

　연인인 천군이 깨끗한 손수건을 주었다.

　"괜찮아?"

　"예. 대장군……."

"정말, 장군님께서 주신 은혜를 어떻게 해도 갚지 못할 거야. 날 구하시면 죽으실 수 있다는 것을 아셨으니까……."

"……."

"날 살려주신 장군님을 위해서라도 너와 고려를 반드시 지킬 거야."

전과 다른 목숨의 무게를 느꼈고, 이미 죽음이 찾아온다는 것을 알면서도 그 모든 것을 감수한 온사문의 위대함을 깨달았다.

세상에 무엇을 남겨도 그와 같을 수 없을 것 같았다.

그가 지키려 했던 고려를 반드시 흥하게 만들고자 했다.

그 의지가 다시 가슴 안에 새겨졌다.

아버지를 기억하는 연수와 그녀를 위로하는 오성을 수연이 보고 있었다.

천군을 보면서 천녀가 미소 지었다.

'어째서 이 아이인지 알 것 같구나. 이 아이였기에 고려가 구해진 것이다.'

누군가의 희생을 알고 겸손한 마음을 가지고 있었다.

힘없는 백성을 아끼고 능력 있는 사람을 예우해줄 줄 알고 있었다.

또한 무엇보다 고려를 위하고자 했다.

그런 오성을 보면서 천신의 신탁을 따르고자 했다.

밖에서 기다리는 소녀에게 눈짓을 줬다.

잠시 후 탁자 위로 보에 싸인 무언가가 놓였다.

그것을 보며 고보장이 천녀에게 물었다.

"무엇인가, 이것은?"

천녀가 상태왕의 물음에 대답했다.

"돌려드릴 것입니다."

"돌려준다고?"

"이제, 천군께 돌아가야 할 것입니다. 이것은 예로부터 천군과 함께 했습니다."

대답을 듣고 보에 싸인 것이 무엇인지 깨닫게 됐다.

고보장이 오성에게 눈짓을 주었다.

그리고 오성이 조심스러운 손길로 보를 걷었다.

그러자 별채에서 보았었던 영고대가 있음을 알게 됐다.

탁자 위에 놓일 때 묵직한 소리가 났었던 것을 기억했다.

영고대를 보면서 오성이 수연에게 물었다.

"이것을 저에게 주신다는 말씀입니까?"

"예."

"이것을 제가 가지고 돌아가게 되면……."

"이제는 더 이상 고려에 친당 대신들은 없습니다. 또한 거짓 신탁을 구하는 자들도 없습니다. 오직 천군의 의지대로만 영고대가 쓰일 것입니다. 이 모든 것이 천신의 계획이자 신탁입니다."

"……."

"이제 저를 통해서 이뤄지는 신탁은 없을 것입니다."

수연의 대답을 듣고 오성이 잠시 생각에 잠겼다.

천녀가 말한 바의 의미를 곱씹으면서 천녀와 영고대가 환인의 땅에 왔던 순간의 이야기를 떠올렸다.

고려의 친당파 대신과 천우로 인해서 고려에 있지 못하고 땅 끝에 오게 됐었다.

그리고 이제, 고려가 안전했다. 영고대를 악용하는 자나 거짓 신탁을 일삼는 자들도 없었다.

어쩌면 고려에서 지켜지는 것이 안전할 수도 있었다.

그러한 생각으로 영고대를 향해서 손을 뻗었다.

영고대에 손끝이 닿는 순간 드는 생각이 있었다.

'혹시 이걸로 미래로 돌아갈 수 있나……?'

멈칫한 순간에 많은 생각이 들었다.

그리고 그의 행동을 곁에서 연수가 지켜봤다.

영고대를 취하려다가 멈춘 천군의 모습을 보았고 불길한 기분을 느꼈다.

'설마…….'

천군이 어떤 생각을 가졌는지 궁금해졌다.

영고대를 취하는 모습이 무척 불안하게 느껴졌다.

멈췄던 손길이 다시 이어지기 시작했고, 끝내 천군이 영고대를 취하면서 천녀에게 말했다.

"절대로 외적들의 손에 잃지 않을 겁니다."

그의 말대로 될 것이라는 것을 알았다.

아니 천신을 믿고 모든 것을 맡겼다.

천녀가 오성을 향해서 머릴 숙이면서 인사했다.

오성이 일어나 천녀를 향해서 머릴 숙이자 따라 연수도 그녀에게 인사했다.

그리고 상태왕인 고보장에게 천녀가 인사했다.

서로 인사한 뒤 일어나 후원채에서 나왔다.

집 문 앞까지 수연이 세 사람을 배웅하려고 했다.

덤불이 감싼 둥근 문을 지났을 때, 집 밖이 매우 어수선해져 있다는 것을 알게 됐다.

"이 자들은……."

밖으로 나온 오성과 연수의 미간이 바짝 조여졌다.

가죽 갑옷을 착용하고 칼을 찬 사람들이 잔뜩 모여 있었다.

부락 주민들이 멀리 서서 보며 수군거리고 있었고, 앞에 모인 자들이 반가운 사람들이 아니라는 것을 깨달았다.

그리고 처음이었다. 만약을 위해서 뒤에 선 상태왕의 앞을 가리면서 지키려고 했다.

그런 오성과 연수를 모인 자들 중에서 한 사람이 보며 비웃었다. 그리고 얼굴을 차갑게 했다.

이내 고려 말로 천녀를 하대하면서 물었다.

"부락에 손님을 들였다고 들었다. 정녕 이 자들이 고려에서 온 자들인가?"

수염조차 나지 않은 젊은 청년이었다. 청년 전사의 물음에 수연이 진중한 모습을 보이면서 대답했다.

"그렇습니다."

"허면, 자식 나라에서 온 자들이군. 전에 천녀가 예언했었던 대로 말이다."

전사의 오만한 모습에 수연이 인상을 굳히면서 세 사람이 누군지 상세히 알려줬다.

"천군님과 용호대장이십니다."

"뭐라고?"

"그리고 상태왕 폐하이십니다. 조선의 적통 계승인 대고려국에서 말입니다. 조선은 환인과 환웅의 뜻으로 세워진 나라이기에 결코 자식 나라가 아닙니다."

"……."

"손님께 충분히 예우를 갖춰서 인사하셔야 됩니다."

천녀의 말에 전사가 인상을 굳히면서 세 사람을 힐끔 쳐다봤다.

"개소리를……."

그녀가 한 이야기를 하나도 받아들이지 않았다.

그럼에도 그녀가 가진 능력을 신뢰하고 있었다. 전에 천녀가 고려에서 사람들이 올 것이라고 예언을 했었다.

그때를 기억하면서 천군으로 여기는 자를 보고 그의 손에 들린 것을 보았다. 순간, 전사의 눈이 휘둥그레졌다.

"어째서 저 자가, 영고대를……."

감싸인 보에서 석판의 모서리가 그러나 이내 알아볼 수 있었다.

황당한 시선으로 영고대와 천군을 번갈아 쳐다봤다.

그리고 청년 전사로부터 주목을 얻게 된 오성이 그를 궁금히 여기면서 천녀에게 물었다.

"이 사람은, 뭐 하는 사람입니까?"

천군의 물음에 천녀가 젊은 전사의 정체를 알려줬다.

"단군입니다."

"단군이라고?"

"저희 부락에서는 추장을 그렇게 부르고 있습니다. 천군님께서 생각하시는 단군과 많이 다르겠지만 말입니다. 이름은 자선입니다. 선대 단군께서 일찍이 승천하시는 바람에 젊은 나이에 단군이 되었습니다. 그리고 나라를 세울 수 있기를 원합니다."

"……"

"영고대의 신탁으로 천하를 호령하는 군주가 되길 원합니다."

천녀를 통해 이름과 칭호를 함께 알게 됐다.

부락이 존재하기에 추장도 반드시 존재했다.

만주나 거란, 혹은 철륵에서는 대체적으로 '칸'이라는 칭호를 썼고, 환인이 서린 땅에서는 '단군'이라는 익숙한 칭호로, 다시 조선에 뿌리를 두고 있다는 사실을 깨달았다. 그 사실을 인식하면서 천녀가 말한 추장의 눈에 깊은 야망이 새겨져 있다는 것을 알았다.

함께하는 전사들은 아마도 그를 추종하는 자들인 것 같았다. 추장이 왕이 되면 그들은 곧 대신이 될 수 있었다. 그들의 욕심이 오성의 눈에 보이고 있었다.

'하긴, 언제까지고 이렇게 숨어 있을 순 없으니까. 미래를 예언할 수 있는 힘은 정말로 큰 힘이야.'

천녀와 영고대를 도구 삼으려 한다는 것을 알았다.

그리고 즉각적으로 반응이 나왔다.

단군인 '자선'이 기막혀 하는 말투로 천녀에게 물었다.

"설마, 영고대를 천군에게 넘긴 것인가?"

"예."

"어째서?"

언성이 조금 높아졌다.

그의 물음에 천녀가 차분히 대답했다.

"본래 하늘에 속한 사람의 것이기 때문입니다."

"뭐라고?"

"천신의 신탁으로 영고대를 천군에게 돌려준 것입니다. 따라서 이를 반대하시는 것은 천신의 뜻에 반하시는 것입니다. 절대 역리를 벌이셔서는 아니 됩니다."

"……."

천녀가 천신의 뜻임을 알렸고, 그 말을 들은 자선의 인상이 심히 일그러졌다.

그녀를 노려보다가 천군을 노려봤다.

콧등을 씰룩이면서 마치 따지듯이 이야기 했다.

"그동안 이 험한 땅에서 우리가 영고대를 지켜왔다. 악한 족속이나 나라가 영고대를 취할 수 없도록 말이다. 때문에 우리는 천년 넘게 은둔자로 지냈다. 이런 고생을 네놈들 따위가 어떻게 알아? 우릴 이 땅 끝에 박아 넣고 감히 멋대로 영고대를 가져가는가? 우리가 그것을 두고 볼 것이라고 보는가!"

검지를 치켜세우면서 자선이 이야기 했다. 그의 말에 오성이 황당한 표정을 지었다가 헛웃음을 일으켰다.

"허 참."

그러고선 어처구니없다는 말투로 자선에게 이야기 했다.

"이곳에 계속 있었던 것이 고생이었나?"

"그렇다."

"뭐, 당사자가 느끼기에는 그럴 수도 있으니까."

"뭐라고?"

"충분히 그런 감정을 느꼈을 수도 있다고 생각해. 하지만 우리 고생은 고생이 아닌가?"

"무슨 말을 하는 것이냐?"

"굳이 이곳에서 지내왔던 사람들에게 생색내는 것은 아니야. 하지만 우리가 고생한 것 정도는 알아줘야겠어. 네놈이 그딴 망발을 지껄이니까."

"뭣이 어쩌고 어째?!"

"우리는 이곳에서 숨어 지내지 않고, 온갖 악한 무리들을 상대로 싸우며 피를 흘렸다. 비록 백성을 지키기 위해서였지만, 그 백성이 네놈들의 형제이자 자매야. 조선이라는 뿌리를 지키기 위해 얼마나 악전고투를 벌였었는지 네놈들이 알아?"

"……."

"나는 정말 사람 죽이기가 싫은데, 망할 당나라 때문에 죽이고 또 죽이고 다시 죽여야 돼. 질려도 멈추지 않고 말이야. 그래서 우리는 사는 것 자체가 생지옥이야."

"……."

"그나마 백성들의 미소 때문에 숨통이 트여서 그나마 사는 거다. 그러니까 우리 앞에서 고생이 어떻다는 이야기를 하지 마라. 번데기 앞에서 주름잡는 수준이니까."

"……."

"그전에 천신의 뜻인데 고생 따위가 무슨 상관이야? 난 신탁대로 가져가는 것이고, 날 막는 것은 천신에게 반역하는 것이다. 그러니까 비켜. 네 것도 아닌 것에 욕심 부리지 말고."

호통을 치다시피하며 자선을 가르쳤다.

그 말에 자선의 얼굴이 더욱 일그러졌다.

주먹을 쥐고서 덜덜 떨며 분노를 나타냈다.

그러나 입이 다물어져 있었다.

그의 인정하지 않음과 고집과 욕심이 보이고 있었다.

오성이 고개를 절레절레 흔든 후에 돌아서면서 상태왕과 연수에게 말했다.

"모시겠습니다. 폐하. 이제 돌아가야 할 때입니다."

자선을 무시하면서 말했다. 그때 연수가 소스라치게 놀라면서 오성에게 크게 소리쳤다.

"대장군!"

그녀의 부름과 동시에 오성이 돌아봤다.

그리고 달려드는 자선을 보았다.

"보낼 것 같으냐!"

자선이 검을 뽑은 상태로 오성에게 달려들었다.

천군의 손에 들려 있던 영고대가 땅에 떨어졌다.

162

단군이 하늘에 반역하다

뒤에서 검을 내지르면서 기습을 벌였다.

하지만 기습이 있기 전에 처음부터 예상했다.

단군이라 불리는 자선이 천군을 막기 위해 칼을 내질렀다.

그리고 오성이 신속히 검을 뽑아들었다.

들고 있던 영고대가 땅에 떨어졌다.

내질러지던 자선의 칼을 정확한 검술로 쳐내고 그의 신체 균형을 무너뜨렸다.

"크읏?!"

칼이 쳐내어지면서 팔 또한 벌려지면서 몸이 활짝 열렸다.

그때 오성이 몸놀림을 빠르게 가졌다.

자선이 다시 칼을 끌어오기 전에 바짝 접근하면서 몸을 붙였다.

검끝이 자선의 목 앞에 놓이게 됐다.

"단군?!"

자선을 따르는 전사들이 다급히 소리쳤다.

하지만 자선은 어떤 말도 할 수 없었다.

그저 휘둥그레진 눈으로 목에서 따끔함을 일으키는 검을 볼 뿐이었다.

자선에게 달린 오성이 그를 노려보면서 경고했다.

"사내새끼가 야망 정도는 가질 수 있지. 그런데 그것도 심하면 목숨은 물론이거니와 주위 사람들까지 죽이게 된다. 만약에 널 따르는 자들에게 지시했다면 죄다 죽었을 거야. 우린 무기를 손에 쥐고 있는 적을 절대로 살려 두질 않으니까."

"……."

"한 번만 더 이딴 짓을 벌이면 그땐 목을 날려버릴 거다."

"……!"

살벌함을 잔뜩 드러내면서 자선을 두렵게 만들었다.

그와 함께 그를 따르는 전사들에게도 눈빛으로 경고했다.

함께 나라를 세우길 원하는 전사들이 어쩌질 못하고 그저 자선이 무사하기만을 바랐다.

그들의 두려움을 확인하고 오성이 자선의 몸에서 떨어졌다.

검을 다시 검 집에 넣고 떨어진 영고대를 들며 보로 제대로 감쌌다.

그리고 상태왕에게 말했다.

"모시겠습니다."

"그래."

연수에게 눈짓을 주면서 함께 상태왕을 지켰다.

다시 자선과 전사들을 노려보면서 그들이 물러나도록 만들었다.

지켜보는 주민들 사이에 숲의 부락으로 길을 안내해줬던 장로가 있었고, 그의 안내를 받으면서 본영으로 돌아가고자 했다.

"이쪽입니다."

다시 세상으로 나아가고자 했다.

장로를 따라 부락 입구로 향했고, 주민들의 시선에서 완전히 벗어났다.

그로 인해 자선의 눈에서 더 이상 천군이 보이지 않았다.

다리의 힘이 풀리면서 주저앉았고, 거칠게 숨 쉬었다.

"헉! 헉!"

"단군……."

"헉……."

죽게 될 것이라는 생각의 공포를 경험하게 됐다.

그동안 어느 누구도 자신을 대적하지 못했기에 처음 경험하는 두려움이었다.

온 사지가 떨리고 현기증마저 일어날 지경이었다.

하지만 제정신을 차리자 남는 것은 분노뿐이었다.

여전히 집 앞에 서 있는 천녀를 노려봤다.

'감히, 영고대를……!'

그녀와 영고대를 통해서 이루고자 하는 것이 있었다.

그리고 영고대가 사라지면서, 자신이 이루고자 했던 꿈이 사라졌다.

아니, 사라지기 일보 직전이었다.

위대한 나라를 세우고, 천하를 호령하는 군주가 되는 길의 문이 점점 닫히고 있었다.

절망이 찾아오려는 기분을 맛보고 있을 때, 다가온 전사들이 그에게 물었다.

"이제, 어떻게 합니까, 단군……."

"그자가 너무 강합니다. 그리고 숲밖에 끌고 온 군사들의 수가 많습니다."

"영고대가 있어야, 단군께서 왕위에 오르실 수 있는데……."

"이대로면 저희들은 아무 것도 아니게 됩니다."

전사들이 깊은 우려를 나타냈다.

그들이 가진 꿈도 옅어지고 있었다.

그리고 그들의 꿈이 사라지게 되면 자신에게 어떤 일이 벌어질지 아무도 몰랐다.

이제 고려가 당나라를 능가한 대국이 되었다는 사실이 환인이 거했던 땅까지 전해졌다.

고려에 예속되면 단군의 지위조차 지킬 수 없었다.

이를 갈면서 자신이 가진 모든 것들을 지키고자 했다.

"절대로 놈에게 영고대를 넘겨주지 않을 것이다!"

"단군! 어디로 가십니까?"

"복골이다!"

"예?"

"복골에 가서 이곳에 천군과 상태왕이 있음을 알려줄 것이다! 그러면 놈들을 칠 자들이 알아서 나타날 거다!"

천군과 고려를 노리는 자들이 있음을 알고 있었다.

그들을 통해서라도 손에서 떠나는 영고대를 반드시 되찾아야 한다고 생각했다.

조선 족속과 후예들에게 맞서는 존재의 힘을 빌리고자 했다.

그런 자선의 과욕과 굽어진 의지를 수연이 가만히 서서 지켜보았다.

그러다가 말없이 집 안으로 발걸음을 옮겼으니, 수발 드는 소녀가 불안한 눈빛을 보이며 수연을 불렀다.

"천녀님……."

소녀에게 수연이 담담한 목소리로 말했다.

"모든 게 천신의 뜻이다. 이 또한 말이다. 그러니, 천신께서 바라시는 대로 이뤄질 것이다."

"네. 천녀님."

천신을 믿고 그 결과를 기다리고자 했다.

이미 모든 신탁이 이뤄진 상황이었다.

오직 그것을 용납하지 못하는 자들만이 발버둥 칠뿐이었다.

자선이 전사들을 시켜서 말을 준비했고, 장로와 천군이 나
간 길과 다른 길로 숲을 빠져 나갔다.

조금씩 얼음을 깨트리는 호수의 반대 방향으로 달려서 산
과 숲을 지나 100리 넘게 떨어진 이민 족속의 땅에 이르렀
다. 그곳은 예전에 흉노의 땅이었고 돌궐의 땅이었다. 그리
고 이제는 철륵의 땅이었으니, 철륵 족속 중에 가장 북쪽에
위치해 있었다.

당에서는 복골이라 불렀으니, 그 이름을 그대로 사용하는
족속이었다. 화로의 횃불이 바람에 흔들리며 천막 앞을 밝히
고 있었다. 화려한 문양이 새겨진 천막의 막이 걷히자, 어두
운 밤을 지난 자들이 안으로 들어왔다.

천막 안에 조금 높은 상석이 있었고, 그 위에 금색의 털을
자랑하는 호랑이 가죽이 깔려 있었다.

다시 그 위로 앉은 자는 신분이 매우 높은 자라, 옥과 보석
으로 머리와 옷을 장식한 자가 전사에게 물었다.

천막으로 들어온 자들에 대해서 물었다.

"이 자들이 도파에서 온 자들이란 말인가?"

"예. 칸."

"이상하군. 도파에 사람이 살았나?"

이해가 안 된다는 말투로 복골의 추장이 심복에게 물었다.
그리고 심복이 잘 정리해서 추장에게 말했다.

"여태 그렇게 알았지만, 부락이 있다는 소식도 있었습니
다. 칸의 의제이신 이쿠르 칸께서 알려주셨습니다."

심복인 부추장의 말에 복골의 추장이 고개를 끄덕였다.

그러면서 자신을 찾아온 자들을 한 명씩 훑어보았으니, 그들의 존재가 도파에 사람이 살고 있다는 것을 증명하는 것이라고 생각했다.

도파는 호수 주변의 땅을 칭하는 이름이었다.

"하긴, 이 자들이 찾아온 것 자체가 그곳에 사람이 있었다는 것을 밝히는 것이지. 해서, 나에게 무엇을 원하기에 이렇게 찾아온 것인가? 심지어 추장이라는 자가 직접 오면서까지 말이다. 전하고 싶은 말이 뭔가?"

이름은 '야투'였다.

복골 추장이 말을 타고서 달려온 자선에게 물었다.

그리고 복골 말을 알아들을 수 있는 자선이 그에게 정보들을 주었다.

"고려 천군이 왔소."

"뭐?"

"천군 뿐 아니라, 상태왕까지 말이오."

"……."

"군사들의 수는 1만이고, 지금 우리 땅에 머물고 있소. 그러니, 그들을 대신해서 물리쳐주기를 바라오."

자선의 말에 복골 추장이 황당한 표정을 지었다.

그리고 자선에게 따지듯이 물었다.

"고려 천군이 도파에 왔다고? 상태왕과 함께?"

"그렇소."

"그놈들이 어째서 와? 설마 날 상대로 장난질을 치는 것은 아니겠지? 있을 수 없는 일인데 말이다. 도파는 우리에게도 땅 끝이다. 그런 곳에 어째서 고려가……."

기막힌 표정을 지으면서 야투가 자선에게 말했다. 그 말에 자선이 최대한 진지한 모습을 보이면서 대답했다.

"땅 끝이기에 와야 할 이유가 더욱 명백한 것이오."

"어째서?"

"우릴 정복하면 고려의 국위가 땅 끝에도 이르렀다는 소문이 돌기 때문에 그렇소. 고려 천군과 상태왕이 와서 우리에게 복종을 요구했고, 우리는 그들의 창검 앞에 굴복할 수밖에 없었소. 놈들에게 우리 부족민이 죽었기 때문에 말이오."

"……."

"우리에게는 놈들을 물리칠 수 있는 힘이 없소. 하지만 추장에게는 분명히 있소. 아니, 당과 철륵에게는 반드시 있소. 천군이 오직 1만 군사만 이끌고 왔으니, 그 기회를 놓쳐서는 아니 될 것이오."

나름의 이유를 들면서 자선이 복골의 추장에게 이야기 했다. 그 말을 들은 야투의 눈동자가 심히 흔들렸다.

그때 천막 밖을 살피는 부추장의 행동을 보았다.

야투가 부추장에게 무슨 일인지 물었다.

"어찌 그러는 것인가?"

부추장으로부터 대답을 들었다.

"전령이 왔습니다."

"전령이라고?"

"이쿠르 칸께서 보내신 것 같습니다."

"안으로 들여라."

"예, 칸. 지금 바로 들이겠습니다."

추장의 지시를 받은 부추장이 밖의 전사들에게 명했다.

그러자 전령이 안으로 들어와서 무릎을 꿇고 절하며 야투에게 인사했다.

고개를 들자 그의 표정이 몹시 좋지 않았다.

인상이 매우 어두웠고, 그의 기색을 살핀 야투가 불길한 기분을 느꼈다. 무거운 목소리로 전령에게 물었다.

"무슨 일이냐?"

"……."

야투의 물음에 부들부들 떨기만 할뿐 전령이 제대로 대답하지 못했다.

부추장이 나서서 다시 전령에게 물었다.

"칸께서 하문하시지 않더냐! 속히 대답하라!"

그제야 전령이 움찔하면서 대답하게 됐다.

울먹이면서 누구도 생각하지 못한 비보를 전하게 됐다.

"칸께서… 돌아가셨습니다……."

"뭣이?"

"도파에 이민족들을 발견해서 약탈을 벌이려 하셨는데… 갑자기 고려군이 나타나는 바람에 그만……."

"……."

"놈들이 천둥소리를 일으켰습니다. 그리고 천둥소리가 났을 때, 수십 전사가 한 번에 쓰러졌습니다. 숲에서 놈들의 지원군이 나왔고, 어쩔 수 없이 후퇴하다가… 칸께서 적의 화살을 맞으시면서 전사하셨습니다… 고려 놈들이 이 먼 곳까지 왔습니다……!"

비보를 듣고 눈을 크게 뜬 야투가 벌떡 일어났다.

그의 행동을 자선이 지켜보고 있었고, 피식하면서 미소를 지었다가 지웠다.

주먹을 쥔 야투의 분노가 천막 안의 온 사람들에게 전해졌다.

그리고 그가 부추장에게 명령했다.

"전령을 띄워라! 동라로 말이다! 장안에 도움을 구해서 놈들을 칠 것이다!"

의제를 위한 복수를 벌여야 했다.

하지만 홀로 부족의 명운을 걸 수 없었다.

고려에 맞서는 당나라의 힘을 빌리고자 했고, 천군이 1만 군사만을 이끌고 온 기회를 놓치지 않고자 했다.

그를 죽이면 부족민들이 당 조정의 보상을 얻을 수 있었다. 천리마를 탄 전령이 남쪽을 향해서 빠르게 달렸다.

당에 예속된 철륵인 동라에 이르렀고, 다시 전령이 달리면서 장안으로 향했다. 수 천 리 길이었지만, 단 며칠 만에 주파하였다. 그리고 장안에 소식이 도달했다.

절망 속에서 한줄기 빛 같은 소식이 무 태후에게 전해졌다. 그녀에게 충성하는 유인궤의 발걸음이 빨라졌다.

천군과 고보장을 표적으로 삼다

"이럇! 이럇! 흐럇!"

말 탄 전령이 초원과 메마른 땅을 넘나들면서 빠르게 달렸다.

황토 빛 강과 흙으로 쌓인 장성을 넘었고, 이내 농사조차 준비할 수 없는 황폐해진 관중 땅으로 접어들었다.

장안성으로 들어와서 북쪽의 급보를 전했다.

그리고 보고를 받은 사도가 급히 태후의 대전으로 향했다.

정후전에서 급히 인사를 전하고 무릎을 꿇고서 보고했다.

급보를 전해들은 태후가 반신반의 하면서 사도에게 물었다.

"방금 뭐라고 하였소? 권오성과 고려 상왕이 도파에 있다고?"

"예. 태후마마."

"도파면 저 먼 북쪽의 땅 끝이지 않소? 철특 끝자락 놈들이 어째서……."

황당하다는 말투로 유인궤에게 반문했다.

그리고 그녀의 물음에 유인궤가 진중한 목소리로 대답했다.

"교역로 개척을 위해서 고려 상왕과 권오성이 움직였다는 첩보가 있습니다."

"교역로 개척이라고……?"

"현재 토번이 우릴 배신하고 고려 편에 섰습니다. 우릴 공격하는 토번과 고려가 서로 연락하려면, 천축과 남만 먼 곳을 돌아야 됩니다."

"……."

"수로가 육로보다 빠르지만 거리가 매우 멉니다. 하지만 놈들이 북쪽 길을 통하게 되면……."

"거리가 얼마나 줄어드는 것이오?"

"절반 이하로 줄어들게 됩니다. 하지만 북쪽엔 우리 조정에 종속 된 철특 족속들이 있습니다. 그래서 놈들이 우리 편에 서 있는 철특 족속들을……."

유인궤가 대답하던 중에 무조가 미간을 찌푸리면서 말했다.

"교역로 개척이라는 미명 하에 철특의 배신을 유도하는 것

174

이다. 이 말이오?"

"그렇게 노리는 것이라고 생각했습니다. 하지만 도파는 철 륵보다 훨씬 먼 곳에 위치한 땅입니다."

"……."

"물고기를 잡을 수 있는 호수는 있지만, 그것 외에는 모든 것이 척박해 부족이 거의 거하지 않는 곳이며 길이 연결되지 않는 곳입니다. 그래서 고려 상왕과 권오성이 어째서 그곳에 있는 것인지 의문입니다."

태후의 되물음에 유인궤가 다시 대답했다.

대답을 듣고 무조의 인상이 더욱 굳었다.

그 안에 두려움과 분노가 함께 실려 있었다.

"누가 그런 첩보를 전했소?"

그녀의 물음에 유인궤가 자세를 낮추면서 대답했다.

"철륵 복골의 야투가 첩보를 전했습니다. 야투를 따르는 자 중에 이쿠르라는 자가 있사온데, 그 자가 전사들을 이끌 고 도파 부락을 습격했다가 도리어 죽임을 당했다고 합니다. 삼족오기를 세운 무리들이 천둥을 일으켜서 전사들을 죽였 다고 합니다."

"……."

"뿐만 아니라 1만 기병이 숲에서 쏟아져 나왔다고 합니다. 5천 가량은 보통의 기병이었고, 5천 기병은 말들이 마갑까 지 착용했었다고 합니다."

"……."

"저의 판단으로는 고려 개마대가 아닐까 합니다. 교역로

개척이라는 이유와는 조금 멀어졌지만 도파에 있다는 증언
과 정황 증거들이 많습니다."

유인궤의 대답을 듣고 무조가 곰곰이 생각했다.

그러다가 굳어 있던 자세를 조금 풀면서 다시 물었다.

"만약, 권오성과 고려 상왕을 죽이거나 사로잡는다면 어찌
되는 것이오? 작금의 전쟁에서 승리할 수 있겠소?"

대답을 들었다.

"권오성은 죽여야 되지만 고려 상왕만큼은 반드시 사로잡
아야 됩니다."

"협상을 위해서 말이오?"

"고려왕에게는 아비이지만, 백성들에게는 모든 것입니다.
고려 상왕이 지금의 고려를 만들었습니다. 때문에 그를 죽인
다면 고려가 죽기 살기로 우릴 공격할 겁니다. 하지만 상왕
을 생포한다면……."

"무슨 수를 쓰더라도 살리겠군."

"어쩌면 철군도 가능할 수 있습니다. 그리고 고려군이 철
군하면 아군에게 승산이 있습니다. 하지만 권오성만큼은 반
드시 죽여야 됩니다. 그 자가 나타난 이후 이 나라의 미래가
사라졌습니다. 그 자를 죽여야 내일을 볼 수 있습니다."

유인궤의 대답을 듣고 무조가 고개를 끄덕였다.

그리고 준비되어 있던 차를 한 모금 마신 뒤 다시 말했다.

"장안에서 도파까지의 거리는 말로 며칠을 달려야 닿는 것
으로 아오. 지금도 도파에 있을 것으로 보시오?"

권오성과 고려 상왕에 대한 소재를 물었다.

그리고 대답을 들었다.

"움직였을 가능성이 큽니다."

"하지만 평양으로 돌아가지는 않겠지. 교역로 개척을 완수해야 되니까 말이오. 해서, 사도에게 묻소만, 철륵을 통솔할 수 있는 맹장을 보낸다면 조금 전에 말했던 목표를 이룰 수 있겠소?"

"……."

"반드시 이뤄야 하오. 반드시……!"

태후의 눈동자에 필사적인 감정이 실려 있었다.

그녀의 이야기를 듣고 유인궤가 잠시 눈을 감았다.

어쩌면 매우 어려운 일이 될 수 있었다.

하지만 목표가 명확했다.

필요한 것은 기적이었고, 기적을 이루기 위해서는 그에 걸맞는 실천이 반드시 필요했다.

아직 포기하기에는 이른 순간이었다.

눈을 뜨면서 유일한 길을 태후에게 알렸다.

"좌무위장군에게 사람을 보내겠습니다. 태후마마."

태후를 지킬 수 있는 유일한 길이었다.

당 황실을 지킬 수 있는 마지막 기회였다.

앞서 설례에게 정예군을 이끌면서 황실을 지키라고 황명을 내렸다.

1만 화기대와 5천 기병을 이끌면서 설례가 남진을 계획했다.

그때 남쪽이 어지럽게 변하고 토번이 참전하게 되면서 진격을 주저했다.

전황이 시시각각 변하면서 상황에 맞춰서 움직여야 했다.

합비 방면에서 북서진 하던 반군도 잠시 진격을 멈췄다.

청야에 막히면서 지원군을 기다렸고, 고려의 10만 대군이 더해지면서 다시 재진격이 이뤄지기 시작했다.

장강과 황하를 잇는 운하가 적의 주요 보급로가 될 수 있었다.

그리고 황하는 곧 장안으로 이어지는 위수를 품고 있었다.

수로를 봉쇄하지 않으면 반군과 고려군에 의해서 황실이 무너질 수 있었다.

다시 진격을 벌이면서 황하로 오갈 고려 수군을 공격하고자 했다.

천자포라면 충분히 고려 전선들을 격침시키거나 저지할 수 있을 것이라고 생각했다.

그것이 그나마 최선이었다.

10만 대군을 동원한 고려군을 상대로 지연이라도 벌일 수 있는 길이었다.

북평에서 남하하여 장강으로 이어진 운하와 황하가 만나는 곳이었다.

진지를 구축하고 천자포들을 배치했을 때, 장안에서 달려온 전령이 도착하면서 황실을 지키려는 설례에게 황명을 전했다.

명을 들은 설례가 황당한 표정을 지으면서 물었다.

"아니, 역적과 외적을 상대하라고 해 놓고, 이제 와서 북쪽으로 가라고? 심지어, 철특에?"

"예. 장군."

"이유가 뭐야? 대체 연유가 뭐기에 내게 이래라저래라 하는 거야?! 어?!"

언성을 높이면서 설례가 따지듯이 물었다.

그의 물음에 휘하 장수들까지 기막힌 시선으로 전령을 주목했다.

전령이 떨리는 목소리로 설례에게 대답했다.

"고려 상왕과 권오성이 있습니다."

"뭐라고?"

"여기, 상세한 내용이 있습니다. 읽어봐 주십시오."

전령이 종이봉투를 꺼내서 설례에게 전했다.

그것을 받은 설례가 전령을 노려보다가 옥천을 불렀다.

"옥천! 와서 좀 읽어!"

글자를 읽을 수가 없어서 부장의 힘을 빌리기로 했다.

설례의 명에 옥천이 급히 달려왔다.

그리고 봉투를 건네받고 안에 담겨 있는 내용을 읽었다.

내용을 들은 설례가 황당한 표정을 지으면서 옥천에게 물었다.

"사실이야?"

"예. 장군."

"교역로 개척을 위해서 북쪽으로 갔는데, 도파에는 어째서……."

"이유 불명입니다."

"이유 불명이라고?"

"하지만 고려 상왕과 권오성이 있는 것은 확실합니다. 그리고 교역로 개척이 목표이기에 요서로도 오지 않을 겁니다. 유인하는 것이 아니라면, 철륵으로 향할 것입니다."

"……."

옥천의 대답을 듣고 설례가 곰곰이 생각했다.

그러다가 혹시나 하는 생각으로 전령에게 물었다.

"확실해?"

"예?"

"들은 게 있을 거 아냐? 사도가 내게 보냈으니까 말이야. 설마, 우릴 유인하는 것은 아니겠지?"

설례의 물음에 전령이 멈칫했다가 식은땀을 흘리면서 대답했다.

"유인이 있다는 말씀은 하지 않으셨습니다. 하지만, 적이 유인하는 것이라면 분명히 장군께 말씀 드렸을 것입니다."

"……."

"고려 상왕과 권오성이 교역로 개척을 위해서 북쪽에 있을 것이기에, 기병과 철륵군을 통솔하셔서 권오성을 죽이시라는 황명을 내리셨습니다. 또한 고려 상왕을 반드시 사로잡으라 하셨습니다."

"……."

"전황을 역전할 수 있는 유일한 기회라 말씀하셨습니다. 장군……!"

태후와 유인궤의 간절한 마음이 전령을 통해서 전해졌다.

그의 이야기를 듣고 설례가 다시 인상을 굳혔다.

돌아서서 황하를 조준한 천자포를 봤다.

그리고 중화총으로 무장한 총병들을 보면서 생각에 잠겼다.

그들이 가진 두려움과 긴장이 전해지고 있었다.

'하긴… 화기로 승부를 벌이면 반드시 필패겠지. 차라리 권오성을 죽이고 고려 상왕을 잡는 것이 그나마 가능성이 있어. 모든 전력을 동원한다면 말이다. 철륵을 반드시 끌어들여야 돼!'

황실을 구하기에 훨씬 가능성이 있는 일이었다.

화기로 무장한 강력한 군사들이 있다고 해도 고려군만큼은 아니었다.

천자포와 중화총의 내구에 심각한 문제가 있다는 것을 알고 있었다.

차라리 머리를 치는 것이 낫다고 판단했다.

결론을 내린 후에 곧바로 옥천에게 명령했다.

"옥천. 기병들을 준비시켜."

"남진이 아니라 북진하십니까?"

"그래. 고려 상왕을 사로잡고, 권오성을 죽여야 되니까. 그러니까 최대한 빨리 북진해야 돼. 철륵을 동원해서 놈들을 상대할 거야."

1만 기병을 상대해야 했다.

그리고 당장 동원할 수 있는 기병은 5천 기병이었다.

북상하면서 철륵의 지원군을 받아야 했다.

"지금 바로 명을 내리겠습니다. 장군."

옥천이 설례의 명을 받들었고, 속히 기병대장을 불러서 명을 내렸다.

출전할 것이라는 명령이 전해지는 가운데, 설례가 하늘을 올려다보면서 간절한 바람을 전했다.

'부디 대당국 황실을 지켜주십시오……'

은인인 선황제의 나라를 지키고자 했다.

그리고 전령에게 명을 받았음을 알렸다.

답변을 들은 전령이 설례에게 목례한 뒤 말 위에 올랐고 신속히 장안으로 달리기 시작했다.

그 후에 기병군이 준비되면서 설례가 친히 이끌기 시작했다.

"가자!"

며칠 동안만 먹을 밀가루와 말린 육포가 전부였다.

안장에 군량이 담긴 주머니를 달고 온 힘을 다해서 군마를 몰았다.

이틀이 지나 중원을 벗어났고, 다시 이틀이 지나 야인들의 땅에 접어들었다.

발야고 서쪽에 위치한 '혼' 족속의 땅이었다.

철륵 혼 족속의 추장이 전사들을 이끌고 설례 앞에 섰다.

그에게 설례가 기병들을 이끌고 합류하라는 명을 내렸다.

그리고 그 명령은 황제를 대신한 명령이었다.

혼 추장의 대답을 들고 설례가 미간을 좁히면서 되물었다.

"황명을 받들지 않겠다고?"

그의 물음에 혼 추장이 비웃으면서 대답했다.

"당 황제의 명을 반드시 따라야 하는 것이오?"

"뭣이?"

"물론 장안에 입조한 적도 있었지만, 지금은 그때와 많이 다르오. 지금은 고려가 당나라보다 훨씬 강하니까 말이오."

"……."

"이미 쓰러져가는 나라 따위에게 우린 절대 머리를 숙이지 않을 거요."

미소를 머금으면서 혼 추장이 말했다.

그의 말에 설례가 혼 추장을 노려봤고, 뒤에 서 있던 옥천이 인상을 굳히게 됐다.

혼 족속의 전사들이 키득키득 웃고 있었다.

그들을 힐끔 쳐다보면서 비웃음을 지웠다.

살기를 뿜어내면서 주위 공기를 순식간에 얼렸다.

방천화극을 혼 추장에게 겨누면서 다시 설례가 물었다.

"그래서 황명을 받들지 않을 것인가?"

혼 추장이 설례에게 대답했다.

"받들 이유가 없소. 당나라와 함께 해서 싸워봐야 고려에게……."

순간, 바람이 크게 일어났다.

"헉?!"

"칸……?!"

"……?!"

전사들의 얼굴을 경악이 휩쓸었다.

핏빛과 같은 붉은색 기운이 폭풍을 일으켰다.

직후에 혼 추장의 얼굴이 두 쪽으로 나뉘어졌다.

상악과 하악이 분리 되면서 윗머리가 떨어졌다.

직후에 그의 몸마저 힘을 잃고 말 위에서 떨어지자 온 전사들의 얼굴에 두려움이 새겨졌다.

이번엔 그들을 겨누면서 설례가 다시 물었다.

"폐하의 명을 따를 것이냐? 아니면 따르지 않을 것이냐?"

"……!"

"따르지 않는다면 네놈들은 이 자리에서 전부 죽을 것이다! 너희들의 처자식과 전부를 말이다! 고려에 진멸 당하기 전에, 내게 도륙될 것이다!"

1각 전만 하더라도 선택권이 있을 줄 알았다.

고려와 당나라 사이에서 부족의 미래를 위한 길을 고를 수 있을 것이라고 생각했다.

하지만 처음부터 선택의 여지가 없었다.

오직 당나라를 일으켜 세우겠다는 독기 품은 맹장이 눈앞에 있음이라, 대답을 잘못하면 전부 까마귀의 장 속으로 들어갈 수 있었다.

마른침이 삼켜지고 현실을 깨달았다.

살아남기 위한 유일한 선택을 하며 추장을 죽인 설례를 따르기 시작했다.

그리고 함께 다시 북진을 벌였다.

천군과 고려에 원수를 진 글필 족속이 합류하고 장안에서 온 관리가 통치하는 발실밀이 더해졌다.

그리고 동라와 복골까지 힘을 더했다.
전력을 다해 하늘이 정한 운명을 뛰어넘고자 했다.
그 운명은 깨어진 역사에 새롭게 자리 잡은 운명이었다.
사력을 다해 천군을 추격했다.

잠시 작별하다

반드시 취해야 하는 신물을 취했다.

환인이 서린 땅에서 영고대를 취하고 숲에서 빠져나왔다.

숲 밖에 한 핏줄을 이루는 부족민들이 부락에 거주하고 있었고, 남쪽 야인들이 보복과 약탈을 함부로 벌이지 못하도록 당분간 부락에 머물렀다.

동쪽 숲 속에 세운 군영을 유지하는 가운데, 주민들에게 고려에서 나는 것을 나눠주었다.

비단과 은을 건네주고 고려 화폐를 주민들에게 넘겨줬다.

그리고 모피와 양식을 구했으니, 모피를 받은 고려 기병들이 환하게 웃었다.

"여기 만져 봐."

"와! 보드라운데?"

"이곳이 추워서 오히려 털들이 훨씬 풍성한 것 같아. 정말로 질 좋은 모피야."

갑옷 안에 입고 있던 모피와 받은 모피를 서로 비교했다.

그리고 북방에서 구한 모피의 수준이 훨씬 뛰어나다는 것을 깨닫고 감탄했다.

손으로 털을 몇 번이나 쓸어보면서 기분 좋은 느낌을 즐기려고 했다.

하지만 수량이 많지 않아 온 군사가 모피를 쓸 수 없었다.

심지어 군관들에게도 줄만큼 양이 충분하지도 않았다.

때문에 어느 누구도 갖지 못하고 보급 수레에 실어야만 했다.

누군가 갑옷 안쪽의 옷에 모피를 덧입는다면, 그때는 특혜와 차별로 나눠질 수 있었다.

나름대로 모피의 쓰임새를 찾으려고 했다.

"우리 중에서 누군가 부상을 입는다면 부상자를 위해서 쓰일 것이다. 어차피 우리들이 입고 있는 옷도 충분히 따뜻하잖아. 그러니까 손 때 태우지 말고 수레에 고이 실어."

"알겠습니다. 장군."

걸사비우의 부장인 부철이 명했고, 천호장들과 군관들이 따르면서 전사들에게 지시했다.

그 모습을 걸사비우가 지켜보고 있었다.

그리고 주민들이 받은 금과 은을 떠올리면서 궁금증을 가졌다.

교역을 지시했던 형에게 의문을 품으면서 물었다.

"그런데, 형."

"음? 왜?"

"여기서 구할 수 있는 것은 고려에서도 구할 수 있는 거 아냐?"

"무엇을 말이야?"

"모피든지 양식이든지 말이야."

"……."

"그래도 교역인데, 내가 볼 때는 손해인 것 같아. 내 말이 맞지, 형?"

사리분별을 나름 벌이면서 걸사비우가 물었다.

동생의 물음에 오성이 피식하면서 웃고서 알려줬다.

"손해를 보더라도 거래를 시작한 것이 중요해."

"어째서?"

"그래야 나중에라도 이득을 볼 수 있으니까. 그리고 한 번 교역을 시작해서 신뢰가 쌓이면 계속해서 교역이 이어질 수 있어. 어차피 한 핏줄에 같은 말을 쓰니까, 우리 경제와 하나가 될 거야. 그러면 다른 부족과도 연계할 수 있어."

경제라는 단어에 걸사비우가 고개를 갸우뚱거렸다.

어려운 단어에 이해를 못하는 모습을 보이자 오성이 돈으로 단결하는 것이라고 설명하면서 이해를 시켰다.

그제야 걸사비우가 깨우침을 얻으면서 쑥스럽게 웃었다.

동생의 반응에 오성이 웃고 따라 함께 있던 고보장까지 웃었다.

매우 강한 무장이면서 넓은 땅을 다스리는 대신이었다.

그러면서 철없는 소년이기도 했다.

지혜가 있는 듯하면서도 세상 물정을 몰랐으니, 그런 걸사 비우의 성장에 고보장이 흐뭇하게 생각했다.

그러다가 천녀가 있었던 숲을 보고 남쪽 먼 하늘과 지평선을 보았다.

이내 오성이 말한 바를 떠올리면서 묻게 됐다.

"이곳이 땅 끝인 것으로 안다. 그런데 다른 부족과 교역을 연계할 수 있는가?"

"할 수 있습니다."

"설마, 대장군이 말하는 부족이 남쪽의 야인들인가? 그들이라면 이미 부락을 약탈하기 위해서 공격해 왔는데……."

상태왕의 물음에 차분한 말로 오성이 말했다.

"사람들은 땅 끝이라 말하지만, 실제로는 땅 끝이 아닙니다. 여전히 저 먼 북쪽까지 대지가 펼쳐져 있으니까 말입니다. 사람에겐 끝없는 지혜가 있어서 결국 저 먼 세상까지 개척하게 될 겁니다. 땅 속에 금은이라도 있으면 저 땅은 몹시 쓸모 있게 됩니다."

오성의 이야기를 듣고 고보장이 고개를 끄덕였다.

그리고 깨달았다.

"허면, 이곳이 다시 북방 교역의 시작점이 될 수도 있겠군."

"그래서 부락을 지켜야 됩니다. 며칠 동안 머문 이유도 행여 있을지 모를 야인들의 보복과 약탈을 막기 위해서였습니다. 하지만 여태 야인들의 습격이 없어서 안전해진 것 같습니다. 삼족오기를 세우면 꽤 오랫동안 두려움을 안겨다 줄 것입니다. 상태왕 폐하."

파편 같은 한 핏줄을 찾아서 번영을 나눠 가지고자 했다.

먼 미래를 내다보면서 후손들에게 큰 영광을 안겨다주고자 했다.

새로운 교역로가 될지 모를 부락을 반드시 지키고자 했다.

그리고 다시 올 수 있기를 소망했다.

얼어 있는 호수가 따뜻한 여름에 어떤 풍경을 보이게 될지 매우 궁금했다.

호수를 한 번 돌아보고 고보장이 오성에게 말했다.

"허면, 이제 다시 왔던 길을 돌아가야겠군. 교역로 개척을 마무리 지어야 하니까 말이다."

"예. 폐하."

"군사들에게 백습으로 회군할 준비를 하라고 명하라."

"예. 폐하. 지금 바로 명을 내리겠습니다."

숲 안에 세운 군영을 거둬야 할 때였다.

영고대를 찾는 목표를 이루고 다시 교역로 개척이라는 대업을 이루고자 했다.

오성이 걸사비우와 개마대장에게 아침에 진지를 거두라고 명령을 내렸다.

다음날 새벽이 되자, 모든 이들이 일찍 일어나면서 군막을 거두기 시작했다.

거둔 천막과 물자를 수레 위에 실으면서 출발할 준비를 마쳤고, 오성과 고보장과 연수와 걸사비우가 인사를 위해서 잠시 부락으로 오게 됐다.

미리 소식을 들은 주민들이 인사를 위해 부락 입구 앞으로 나와 있었다.

주민들을 이끌고 나온 장로가 머릴 숙이면서 인사를 전했다.

따라 주민들도 인사했고, 장로가 아쉬운 마음을 오성과 고보장에게 전했다.

"가신다는 말씀을 들었습니다."

"해야 할 일이 있으니까. 본래 교역로를 개척하는 것이 우리 일이었어. 그래서 교역품도 가지고 있었고 말이지. 부락 앞에 삼족오기를 크게 세워둘 거니까. 남쪽에서 야인들이 습격해 올 일은 당분간 없을 거야. 주민들을 건드리는 일은 우리에게 싸움을 거는 것과 같아."

오성의 이야기를 듣고 주민들을 대신해서 감사의 뜻을 전했다.

"덕분에 누구하나 죽지 않았습니다. 집을 잃거나 여식을 잃은 주민도 없고 말입니다. 대장군과 상태왕 폐하와 고려 장군님들 덕분입니다."

한 번 더 머릴 숙이면서 인사했다.

그리고 주민들도 허리를 굽히면서 예를 나타냈다.

그들로부터 감사를 전해 받으면서 미소 지었다.

한 소녀가 나와서 걸사비우 앞으로 와서 울먹이는 표정을 지었다.

"이대로 가는 거야……?"

"응. 가야 해."

"그러면…….."

"하지만 다시 올 거야. 폐하와 형을 따라서 상인들이 오갈 수 있는 길을 찾고 나면 꼭 다시 올 거야. 선물을 줬던 답례도 해야 하니까."

"……."

"그때까지 건강해야 돼."

"그래."

걸사비우가 환하게 웃으면서 지현에게 말했다.

그리고 지현이 걸사비우가 다시 올 것이라는 말을 듣고 눈가의 눈물을 닦았다.

걸사비우가 입은 갑옷 안쪽에 그녀가 주었던 모피를 감싸입고 있었다.

선물로 받은 모피의 따뜻함을 느끼면서 꼭 그녀와 주민들에게 보답하겠다는 의지를 가졌다.

그런 걸사비우를 오성이 보면서 미소를 지었다.

그리고 품에 챙긴 영고대를 잠시 보았다.

영고대를 보면서 생각하는 시간이 덜어졌고, 그 모습을 곁에서 연수가 지켜보고 있었다.

이제 오성이 어떤 사람인지 그녀가 알고 있었다.

'미래에서 왔지… 그것도 무려 천 년이 넘게 말이야… 분명히 영고대를 통해서 이 시대에 왔다고…….'

영고대를 통해서 시간을 거슬러 올랐다.

마찬가지로 영고대를 통해서 다시 미래로 돌아갈 수 있지 않을까라는 생각이 들었다.

그런 생각이 들었을 때, 한없는 두려움을 느꼈다.

천군에게 향하는 시선이 심히 요동쳤다.

그녀 앞에서 오성이 여전히 영고대를 보다가 정신을 차렸다.

그의 정신을 깨운 것은 장로의 목소리였다.

"이제, 저희들의 짐이 덜어졌습니다. 이제 영고대는 천군에게 돌아갔습니다."

그 말을 듣고 오성이 입꼬리를 슬쩍 당기면서 말했다.

"알고 보면 평범한 사람이야. 사람들이 천군이라고 말하지만 말이야. 누구보다 아는 것이 많을 수 있지만, 나 또한 죽을 수 있는 그런 사람이야. 그런 나에게 어째서 영고대를 신이 맡긴 것인지 모르겠어."

오성의 말을 듣고 장로가 미소를 보이면서 대답했다.

"선택을 주신 것입니다."

"선택이라고?"

"모든 것은 천신의 뜻입니다. 어제도 오늘도 내일도 천신의 뜻으로써 역사가 지나갑니다. 하지만 천신께선 자식 같은 저희들에게 선택의 자유를 주셨습니다. 천신의 뜻을 따를지 말지 말입니다."

"……."

"그래서 때론 우리 스스로 책임져야 할 부분이 있고, 그것 또한 천신께서 이루시는 일입니다."

장로의 이야기를 듣고 피식하면서 웃었다.

"뭔지 모르겠지만, 그런 것이라고 알게. 지금의 나로서는 잘 이해가 되질 않아."

"후에 아실 것입니다."

"그랬으면 좋겠네. 내가 천신의 뜻을 안다면 모든 것이 순탄할 테니까. 어찌되었건 잘 대접해줘서 고마워. 다음에 보도록 하지."

"예. 대장군."

마지막 인사였다.

만족한 결과를 얻으면서 오성이 기수를 돌렸다.

상태왕과 걸사비우도 그를 따랐다.

정신을 차리면서 연수도 오성을 따르니, 그들을 향해 장로와 주민들이 머릴 숙였다.

삼족오기가 나부꼈고, 앞으로 그들을 다시 만날 수 있기를 소망했다.

이동할 준비를 마친 전사들과 개마대를 다시 오성이 이끌기 시작했다.

"출발하자."

"알았어, 형!"

걸사비우가 군사들에게 소리쳤다.

"출발이다! 모두 형과 폐하를 따라!"

지면에 소리를 일으키면서 왔던 길을 돌아가기 시작했다. 천군과 그의 군사들이 보이지 않을 때까지 주민들이 나와서 섰다.

그리고 시야에서 사라지자 다시 전과 같은 일상을 보내기 시작했다. 얼은 호수에서 물고기를 잡으면서 사냥한 사슴 고기를 먹고 모피를 벗겨서 손질했다.

또한 목기를 만들고 바람을 막을 수 있도록 집을 수리했다. 짐승의 오줌보와 가죽으로 만든 공을 고려군이 아이들에게 줬다. 그 공을 아이들이 차고 놀면서 소리 내어서 크게 웃었다. 아이들을 보는 여인들의 얼굴에서 미소가 떠나질 않고 있었다. 그래서 아쉬움이 있었다.

그리고 다시 땅에서 울림이 일어나기 시작했다.

고려군이 부락에서 떠난 지 이틀이 지났을 무렵이었다.

말발굽 소리에 온 주민들의 시선이 향하였다. 말을 타고서 달려오는 자들을 보며 주민들이 이야기 했다.

"뭐야, 대체……?"

"설마, 천군님께서 다시 오시는 건가? 그렇지 않고서는……."

말 탄 자들이 고려군처럼 갑옷을 입고 있었다. 그리고 갑옷은 남쪽의 야인들이 함부로 입을 수 있는 방어구가 아니었다.

하지만 거리가 좁혀졌을 때 모양이 다르다는 것을 알게 됐다. 그것을 보고 털이 곤두서는 것을 느꼈다.

부락에서는 삼족오기가 휘날렸지만, 남쪽에서 달려오는 군사들은 일절 깃발을 휘날리고 있지 않았다.

오직, '대당'이라는 글자만 하늘을 위협하듯 크게 쓰여 있

을 뿐이었다. 그들에 이어 가죽갑옷을 입은 무수한 야인들이
모습을 드러내니, 그 수가 무려 1만 명이 넘는 것처럼 보였
다.

그리고 끝이 아니었다.

"이런!"

"천군님의 군사들이 아니잖아!"

"대체 어디에서 온 놈들이야?!"

"어디 놈들인지 모르겠지만 어서 아이들부터 숨겨! 우릴
죽일 거야!"

주민들이 아이들이라도 지키기 위해 분주히 움직였다.

그리고 군사들과 야인들을 이끄는 이가 선두에서 이끌며
부락으로 달렸다.

그의 손에는 방천화극이 들려 있었고, 그가 입은 옷과 갑옷
은 온통 붉은색으로 피를 뿌리는 것 같았다.

천군의 흔적을 쫓는 이가 도파에 이르렀다.

설인귀가 천군을 쫓다

'대당'이라는 글자가 깃발에 크게 새겨져 있었다.

바다라 불리는 호수에서 부는 바람에 의해 깃발이 쉴 새 없이 요동쳤다.

그 아래에 판갑과 무기로 무장한 기병 5천 기가 있었다.

또한 온갖 무기와 가죽 갑옷으로 무장한 야인이 수 만 명이나 있었다.

그들은 전부 철륵으로 불리는 자들이었고, 글필과 발실밀, 동라, 복골 등지에서 몰려온 자들이었다.

피로 물든 것처럼 보이는 자가 그들 전부를 이끌고 있었다.

붉은 갑옷과 홍의 차림을 한 설례가 천천히 말을 몰며 부락 입구 앞에 섰다.

그 앞에 주민들을 대표하는 장로가 서 있었으니, 설례가 장로를 내려다보았고 장로가 설례를 올려다보면서 시선을 피하지 않았다.

흉흉한 기운을 내뿜는 자에게 머릴 숙이면서 인사하지 않았다.

결코 환영할 수 없는 손님이라는 것을 직감적으로 알아차렸다.

온통 붉은색으로 물들인 자가 이끌고 온 자들 중에, 부락을 약탈하려 했었던 야인들도 있었다.

그들과 관련된 이가 복수심을 불태우면서 다가왔다.

복골 추장인 야투가 몹시 흥분한 목소리로 설례에게 말했다.

"여기 놈들과 고려 놈들이 한 편이 되어서 내 의제를 죽였소! 그러니 반드시 복수할 거요! 놈들의 가죽을 벗기고 머리를 벨 수 있게 허락해주시오!"

"……."

"장군!"

"……."

주민들과 장로를 노려보면서 야투가 요청했다.

그의 요청에 설례가 힐끔 쳐다보고선 부답했다.

그리고 설례의 침묵에 참다못한 야투가 전사들에게 명했다.

"뭣들 하나! 어서 놈들을 잡아다가 가죽을 벗겨라! 그리고 여자와 아이들은 네놈들의⋯⋯!"

순간 방천화극이 휘둘러지면서 바람이 크게 일어났다.

히히힝!

"크웃?!"

야투의 말이 놀라면서 앞발을 높이 올리며 뒤로 물러나게 됐다.

그로인해 야투가 고삐를 붙들면서 떨어지지 않으려고 안간힘을 썼다.

그의 명을 받은 전사들이 나서다가 멈추게 됐다.

대지에 상흔을 남긴 방천화극에 붉은 기운이 감돌고 있었다.

설례가 주변을 태울 듯한 살기를 드러내면서 야투에게 경고했다.

"한 번만 더 까분다면 네놈의 머리 가죽부터 벗길 것이다."

"⋯⋯!"

"부락 주민들을 해칠 여유 따위는 없으니까, 잠자코 있어!"

"⋯⋯."

설례의 경고에 야투가 움찔하면서 뒤로 물러났다.

그가 얼마나 강한지 온 철륵 추장들이 알고 있었다.

홀로 만 명의 사내를 상대할 수 있었고, 이미 그의 명을 따르지 않았던 추장이 단 번에 머리가 잘려 나갔었다.

설례를 두려워하며 불만 가득한 시선으로 쳐다봤다.

분노에 찬 시선으로 장로와 주민들을 봤다.

그리고 장로와 주민들이 겁에 질린 모습으로 봤다.

더 이상 신탁이 없었고 어떤 일이 일어날 줄 몰랐다.

삼족오기가 당분간 지켜줄 것이라는 천군의 예언마저 깨질 것 같았다.

그런 장로에게 설례가 철륵 전사를 통해서 물었다.

"천군과 상태왕은 어디로 갔나?"

장로가 알아들을 수 있도록 써서는 안 될 호칭까지 부르면서 물었다.

그의 물음이 통역을 통해서 장로에게 전해졌다.

그리고 장로가 부답했다.

하지만 눈동자가 고정되지 못하고 흔들렸다.

장로가 천군의 행방을 알고 있음을 설례가 알았다.

그의 부답에 다른 주민에게 물어보려고 했다.

하지만 굳은 눈빛을 보이는 모습이 쉽게 말하지 않을 것 같았다.

그것으로 인해서 결론을 내렸다.

'몇 명 잡아서 죽여야 하는가…….'

마음에 들지 않는 방식이었다.

하지만 황실을 지키기 위해서는 어떤 수단이라도 강구해야 했다.

주민 몇 명을 잡아서 죽이면 누구라도 고려군의 행방을 알릴 것이라고 생각했다.

그런 생각으로 부장인 옥천에게 명을 내리려고 했다.

그때 부락에서 멀지 않은 숲에서 소리가 일어났다.

온 군사와 전사들의 시선이 숲으로 향했다.

"야인들입니다! 장군!"

군사들이 소리쳤고, 설례가 숲에서 나오는 무리들을 보게 됐다.

수백 명에 달하는 야인이 말을 타고서 숲에서 나오고 있었다.

그들을 본 군사들이 기수를 맞춰서 돌리며 경계 태세를 높였다.

하지만 그리 위협적으로 여겨지지 않았다.

수백에 불과한 야인이 수 만 명에 달하는 군사를 이기려 하지 않을 게 분명했다.

때문에 달려오는 속도도 그리 빠르지 않았다.

궁기병들이 시위에 화살을 장전하고 조준했지만 야인들이 코앞까지 올 때까지 결코 시위를 손에서 놓지 않았다.

그렇게 전투를 치르지 않았고 달려온 야인들이 멈춰서 눈치를 살폈다.

장로와 주민들의 시선이 흔들렸다.

그들의 반응을 설례가 보았을 때, 옥천이 천호장으로부터 받은 보고를 올렸다.

"단군이라는 자가 장군을 뵙길 원합니다."

"단군이라고?"

"도파 족속의 추장이라고 합니다. 철륵이나 다른 부족들은 한이라는 칭호로 추장을 부르지만, 도파 족속은 단군이라고 합니다."

'한'은 '칸'이라 불리는 한문이었다.

옥천의 이야기를 듣고 설례가 미간을 좁히면서 추장인 듯
한 자를 보았다.

도파의 다른 전사들에 비해서 젊은 추장이었고, 그를 보면
서 옥천에게 명을 내렸다.

"내 앞으로 데리고 와라."

"예. 장군."

명을 받든 옥천이 단군이라 불리는 추장을 데리고 오라고
명했다.

당 기병들의 경계와 안내를 받으면서 설례 앞에 단군이 섰
다.

그를 설례가 보았으니, 얼굴과 온몸에서 여유와 자신감이
묻어나는 것을 알았다.

뭔가 그의 계획대로 이뤄지고 있었다.

그 사실을 깨달은 설례가 단군을 심문했다.

"이름이 무엇이냐. 그리고 뭐가 그리 우스운 거지? 대답을
잘못한다면 이 자리에서 네놈을 죽일 것이다."

경고를 전하면서 물었다.

그리고 설례의 물음에 단군이 다소 진지한 모습으로써 대
답했다.

"이름은 자선이라고 하오. 혹, 대당국에서 오신 장군이시
오?"

"그렇다."

"내가 기뻐하는 이유는 함께 고려 천군을 쫓을 수 있기 때
문에 그렇소."

"권오성을 쫓는다고?"

"그 자와 고려군이 우리 부족에게 큰 죄를 지었소. 우리가 놈에게 어떤 원한을 가졌는지는 복골 추장에게 물어보면 알게 될 거요. 그 자에게 천군과 고려 상태왕의 행방을 알려줬으니 말이오. 고려군은 남동쪽 길을 통해서 돌아갔소."

"……."

"아마도 다시 교역로 개척을 벌이려고 할 것이오."

자선이라는 이름을 가진 단군이 설례에게 고려군의 행방을 알렸다.

그 말을 듣고 설례가 복골 추장인 야투를 힐끔 쳐다봤다. 눈짓으로 물었고 이내 대답을 들었다.

"사실이오. 저 자가 내게 고려 천군과 상왕의 행방을 알렸소."

"원한은 어떤 원한이지?"

"복종을 요구했소."

"복종이라고?"

"장군도 알다시피 이곳은 땅 끝이오. 고려가 땅 끝 족속을 굴복시킨다면 그야말로 온 천하를 발밑에 둔 것과 다를 바 없게 되는 것이오. 그래서 충분히 일리가 있소."

"……."

야투의 답변에 설례가 곰곰이 생각했다.

'천하를 지배하기 위해서 땅 끝 족속에게 복종을 요구했다고? 권오성이나 고려 상왕이 그런 인물이었나? 물론 백제와 신라를 정복했지만 이유 없이 정복하진 않았다. 아니면 놈들

이 천하 권세의 맛에 취한 것인가?'

'어쨌건 복골 추장이 보증했으니 믿을 수밖에 없다. 부락에 삼족오기도 걸렸으니까 말이다. 이곳에 고려 놈들이 머물렀던 것은 사실이다.'

바람에 나부끼는 삼족오기를 힐끔 쳐다봤다.

말에서 잠시 내린 기병들이 고려의 깃발을 거두면서 흔적을 지우려고 했다.

그 모습을 보면서 결론을 내리고 자선에게 물었다.

"우릴 따라서 전투를 치를 것인가?"

"그렇소."

"그러면 내 명을 따라야 한다. 황제 폐하를 대리하여 고려를 치는 것이니까 말이다. 전력을 다해서 고려 상왕과 천군을 상대할 것이다."

설례의 말에 자선이 잠시 생각하다가 고개를 끄덕였다.

"알겠소. 대신 청이 있소."

"무엇인가?"

"천군이 우리의 모든 것을 빼앗았으니, 그 자의 것을 전리품으로 취하겠소. 우린 반드시 복수를 완수할 거요."

자선의 말에 설례 또한 고개를 끄덕이면서 대답했다.

"그렇게 하라. 다만 우리는 천군의 머리를 취하고 상왕을 사로잡을 것이다. 이 목표만 이룰 수 있게 해준다면 어떤 바람이든 이뤄줄 것이다. 우린 천자를 기만하고 하늘을 참칭하는 자에게 벌을 내릴 것이다."

"고맙소. 장군."

설례의 허락에 자선과 그를 따르는 전사들이 합류했다.

그 모습을 장로와 주민들이 휘둥그레진 눈으로 쳐다봤다. 자선이 그들을 벌레 보듯이 깔아봤고, 고삐를 고쳐 잡으면서 앞으로 달릴 준비를 했다.

잠시 후 설례가 남동쪽 방향으로 기수를 맞추면서 고삐를 튕겼다.

"진군한다!"

"전군! 좌무위장군을 따르라!"

마치 대지에서 우레가 일어나는 듯했다. 진동과 소리를 크게 일으키면서 수 만 기병군이 달리기 시작했다.

추장인 단군이 당의 장군 뒤에서 달렸고, 그들이 시야에서 사라진 후에 주민들이 겨우 말 할 수 있게 됐다.

다행히 목숨을 부지했다. 또한 어떠한 재산도 잃지 않았다. 하지만 자신들의 추장이 천군과 고려에 대적하려고 했다. 그 사실이 매우 우려스러웠다.

"이제, 어떻게 되는 겁니까……?"

"뭐가 말인가?"

"야인들을 이끌고 온 자가 당나라 무장이지 않습니까? 온통 붉은색 옷과 갑옷을 입은 모습이 설인귀였던 것 같습니다. 단군이 그 자를 따라 천군님께 대적하는 것은……."

주민의 이야기를 듣고 장로가 한숨을 쉬었다.

그리고 하늘을 올려다봤다.

장로가 보는 하늘이 매우 맑고 잠잠했다.

차분한 말로 천신의 뜻을 주민들에게 알렸다.

"모든 것이 천신의 뜻일세. 영고대가 천군께 돌아간 것도, 당의 설인귀가 이곳에 온 사실조차도 말일세. 그리고 단군이 당의 편에 선 것도 천신의 뜻일 것이네. 그러니 기다려 보게. 지켜보게. 환웅의 후손을 반드시 지켜줄 것이네."

세상에 의미 없이 이뤄지는 것은 아무 것도 없었다.

역사와 세상을 관장하는 존재의 깊은 뜻이 서려 있었고, 그 위에 사람의 자유와 선택들이 놓이고 있었다.

어떤 결과를 보더라도 천신이 원하는 결과일 것이라고 생각했다.

때문에 두고 지켜보려고 했다. 다만 이제 고려와 함께 사람을 널리 이롭게 하기를 원할 뿐이었다.

그렇게 고려의 승전을 기다리고 있었다.

지현이 간절한 마음으로 남동쪽 먼 하늘을 바라봤다.

그 아래에서 당 기병과 철록 전사들이 전력질주 했다.

"이럇! 이럇! 흐럇!"

"절대로 놈들을 놓쳐서 안 된다!"

황실을 지키고자 하는 설례의 바람이 간절했다.

차단당하다

다시 교역로 개척을 위해 본래의 장소로 돌아가던 중이었다.

환인이 서렸던 땅에서 출발해 '해결'이라 불리는 곳을 지나고 곡설로 향하던 때였다.

산과 숲이 계속해서 이어지다가 거의 끝에 다다랐을 때 숙영을 벌였다.

간이로 빠르게 천막들을 세우면서 단잠에 빠졌고, 다음날 아침에 신속히 접으면서 출발할 준비를 했다.

기승하기 전에 식사를 위해서 미리 갈아 놓았던 곡물 가루를 준비했다.

그리고 한 번 끓였던 물을 섞으면서 죽을 만들었다.

죽을 먹은 후에 사슴고기 포를 먹으면서 이야기를 나누었다.

잡담을 늘여 놓는 대원들을 보면서 상온이 목소리를 높였다.

"15분 남았다! 그 후에 출발할 거니까, 식사를 마무리 짓고 기승해 있어! 알겠지?"

"예! 장군!"

미리 출발하는 시간을 군사들에게 알렸다.

치혁이 대답한 후에 대원들과 식사를 마무리 지으려 했고, 그 모습을 오성이 멀리서 지켜보고 있었다.

식사를 빠르게 마친 후에 이동을 준비하는 군사들을 살폈다.

그리고 곁에서 연수도 식사를 마무리 지었다.

식사를 끝낸 후에 자연히 천군에게로 시선이 향하였다.

천군의 등에 하늘나라의 무기가 메어져 있었고, 그것이 곧 미래무기라는 것을 깨달았다.

천군이 어디에서 왔는지 알고 있었다.

'그래서였어… 그래서, 저 무기가 상상을 뛰어넘는 무기였던 거야. 천년이 지난 후에는 기예가 엄청나게 발달했을 테니까… 지금의 기예로는 저런 무기를 절대 만들지 못할 거야…….'

고려에서는 꿈도 꿀 수 없는 무기였다.

그리고 천군이 없는 고려였다면 더욱 그랬을 것이 분명

했다.

미래에서 온 천군 덕분에 나라에 많은 것들이 변했다.

백성들에게 거두는 조세를 고치고 세금으로 바꿔서 은행이라는 관아를 만들었다.

태학에 사범관을 세우고 고려의 미래를 밝히는 교사들을 양성했다.

또한 해시계와 물시계를 만들었다.

하늘의 이치를 밝히는 기물을 만들었고, 끝내 당나라가 세상의 중심이 아니라는 것을 밝혔다.

그러한 모든 게 미래의 지식이 아니었을까 라는 생각이 들었다.

천군은 하늘나라가 아닌 천년이 넘는 미래에서 온 후손이었다.

그 사실을 들었을 때 일어난 충격의 여운이 여전히 남아 있었다.

천군의 군마가 근처 나무에 묶여 있었고, 군마의 안장에 보에 싸인 영고대가 묶여 있었다.

천군을 미래에서 고려로 보내준 신물이라는 것을 알고 있었다.

영고대로부터 연수의 시선이 떨어지지 않았다.

그리고 돌아선 오성이 연수가 무엇을 보고 있는지 알게 됐다.

"……."

그녀가 어떤 생각을 하고 있는지 짐작했다.

그리고 연수의 정신을 일깨우면서 이야기 했다.

"사석에서는 반말로 해도 돼."

"예……?"

"이제 내가 어떤 사람인지 알게 됐잖아. 하늘나라가 어떤 곳인지 알게 되었으니까."

"……."

"처음에 이곳에 왔을 때, 사람들을 하대하기가 무척 힘들었어. 누구에게든지 존댓말을 써야 하는 게 내 입장이니까. 하지만 고려에 왔으니 고려 사람이 되려고 노력했어. 내게 익숙한 방식을 버리고서 말이야. 여기 방식을 따르려고 했어."

신분고하를 막론하고 모든 사람들이 천군에게는 선조였다.

때문에 선조를 하대하는 것이 그에게 얼마나 큰 부담이었는지를 뒤늦게 깨달았다.

그에게 주어진 부담을 연수가 덜어주고자 했다.

"그것이 편하다면, 그 편이 대장군께 편하다면 그렇게 하겠습니다. 소장에게는 그럴 자격이 있으니까 말입니다."

연수의 대답을 듣고 오성이 곰곰이 생각하다가 피식 웃었다.

그녀가 말한 자격이 무엇을 의미하는지 알고 있었다.

천군의 미소를 보고 연수도 따라 웃었다.

그리고 문득 생각을 떠올렸으니, 그 생각은 한없는 불안감이었다.

시간을 넘어서게 만드는 신물을 천군이 소지하고 있었다.

'미래에서 왔으니까, 다시 미래로 돌아갈 수 있지 않을까? 영고대를 통해서 과거에 왔으니까 말이야. 만약, 어르신께서 미래로 돌아가길 원하신다면 나는…….'

문득 일어난 생각에 두려움이 일어났다.

그리고 어두워진 연수의 안색을 오성이 알아봤다.

연수에게 조심스런 말투로 근심이 무엇인지 물었다.

"혹시, 걱정되는 것이 있어?"

"……."

그의 질문을 받고 눈물을 터트릴 것 같은 표정을 지었다.

천군을 바라보는 시선이 심히 흔들렸다.

그에게 돌아가야 할 곳이 있었지만, 절대로 돌아가지 말라는 바람을 전하고 싶었다.

하지만 그 바람이 매우 잘못된 것이라는 것을 알았다.

이성과 마음이 뒤틀리고 있었다.

가슴이 심히 아파오던 때에, 옆에서 일어나는 인기척을 듣게 됐다.

걸사비우가 보폭을 크게 하면서 다가오고 있었다.

얼굴엔 당혹감이 가득 차 있었고, 그것을 본 오성과 연수가 매우 궁금히 생각했다.

걸사비우가 부르기 전에 오성이 먼저 물었다.

"뭐야? 무슨 일이라도 생겼어?"

형의 물음에 걸사비우가 인상을 더욱 굳히면서 대답했다.

"후초에서 연락이 끊어졌어."

"뭐?"

"후초가 있는 곳으로 정찰대를 보냈는데, 정찰대마저도 돌아오지 않았어. 밥 다 먹기 전에 돌아오라고 했었는데 말이야."

"……."

"뭔가 문제가 생긴 것 같아. 그래서 뒤를 살펴야겠어."

걸사비우의 말에 오성의 미간이 좁혀졌다.

함께 들은 연수도 인상을 굳히면서 뒤쪽인 숲 안쪽을 보았다.

그리고 자원하면서 오성에게 말했다.

"대장군. 소장과 대원들이 후초가 있는 곳으로……."

연수의 자원을 오성이 막았다.

"안 돼."

"하지만 대장군."

"용호대는 상태왕 폐하를 지켜야 돼. 지휘관인 넌 말할 것도 없고 말이야. 차라리 내가 후초를 보고 오는 게 나아. 그러니까……."

미처 연수에게 하는 말이 끝나기도 전이었다.

공기가 울리는 듯한 미세한 소리를 오성이 듣고 고개를 돌렸다.

"……."

그의 행동에 연수 또한 고개를 돌렸다.

두 사람의 행동에 걸사비우가 눈치를 살피면서 물었다.

"뭔가 있어?"

동생의 물음에 오성이 대답하지 않았다.

그저 침묵하면서 귓속을 파고 들었던 작은 소리를 찾으려고 했다.

주의 깊게 들으면서 지면에서 일어나는 진동도 찾으려고 했다.

그리고 이내 소리와 진동의 존재를 확인했다.

두두두두……!

"……?!"

온 숲이 울리고 있었다.

대원들과 함께 있던 상태왕이 목소리를 높이면서 물어왔다.

"무슨 소리인가? 이 소리는?"

상태왕의 물음에 답할 시간이 없었다.

이미 숲 너머에서 함성이 일어나고 있었다.

와아아아!

함성을 듣고 연수가 급히 소리쳤다.

"야인들입니다!"

거의 동시에 오성이 군사들에게 소리쳤다.

"말 위에 올라타! 어서! 놈들을 막아야 한다!"

천군의 명에 전군이 말 위에 급히 올랐다.

다급히 기승하는 바람에 나무에 묶인 줄을 풀지도 못했다.

때문에 무기로 줄을 끊어내면서 싸우려고 했다.

하지만 야인들의 화살이 훨씬 빠르게 숲 사이를 파고들었다.

"커헉!"

히히힝!

"이런, 망할!"

분명히 갑옷이 화살을 막아줄 수 있었다.

그럼에도 눈 먼 화살 몇 발이 속말 전사들의 갑옷 사이를 파고들며 깊은 부상을 안기도록 만들었다.

또한 화살을 맞은 말이 크게 울음소리를 일으켰다.

갑작스런 기습에 무력이 강한 군사들이라도 쉽게 대응할 수 없었다.

그리고 그들을 습격하는 자들은 누구보다 높은 전의와 복수심을 품고 있는 자들이었다.

죽은 형에 이어 추장을 이어 받은 자가 크게 소리 치고 있었다.

"형님 칸의 원수를 갚는다! 고려 상왕을 남기고 모두 죽여라! 돌격!"

글필하력의 동생인 '글필사문'이었다.

그가 전사들을 이끌면서 숲 사이를 질주했다.

그리고 후군에 위치한 속말군과 부딪쳤으니, 이내 아수라장으로 변하면서 기합과 병장기 소리가 뒤섞였다.

또한 비명이 크게 울려 퍼지면서 사람들의 신경을 곤두서게 만들었다.

함성이 일어나는 곳이 한 곳이 아니었다.

"고려 놈들을 죽여라!"

와아아아!

214

두두두두두!

숲 곳곳에서 소리가 나고 있었다.

적의 함성을 듣고 흑정 위에 올라탄 걸사비우가 형에게 말했다.

"적이 많아! 아군은 대열도 없어서 이대로 싸우면 져! 숲에서 나가서 싸워야 해! 형!"

그 말에 오성이 고개를 끄덕였다.

"나가서 싸운다! 대열은 나가서 맞춰도 되니까, 일단 전장에서 이탈해야 돼! 지금 바로 명령을 내려!"

"알겠어! 형!"

"용호대는 상태왕 폐하를 지키고 개마대와 함께 움직인다!"

"알겠습니다! 대장군!"

신속히 명령을 내리면서 숲에서 빠져 나가려고 했다.

걸사비우와 연수가 전사들과 대원들에게 명을 내렸으니, 연수가 남생과 함께 상태왕을 지키려고 했다.

"이제부터 소장이 폐하를 숲 밖으로 모시겠습니다! 전력을 다해서 달릴 것이오니 놓치지 말아주시옵소서!"

연수의 요청에 고보장이 고개를 끄덕였다.

"짐을 신경 쓰지 말고 달려라! 전열을 갖추는게 우선이다! 짐은 알아서 용호대장을 따라갈 것이다!"

"예! 폐하!"

상태왕의 곁에서 고삐를 강하게 튕겼다.

그리고 대원들과 함께 달리기 시작하자, 고보장도 빠르게 고삐를 튕기면서 달렸다.

희생을 벌이는 일부 속말 전사들을 후방에 둔 채 빠져나왔고, 고함을 일으키면서 기습을 가한 야인들이 빠져나왔다.

충분히 속말 전사들의 저지를 뚫고 천군의 본대를 따라잡을 수 있었다.

숲에서 빠져 나오는 야인들을 보면서 걸사비우가 황당함을 느꼈다.

"형! 놈들의 수가 엄청나! 2만! 아니, 3만은 되겠어! 놈들이 기를 쓰고 쫓아오고 있어!"

걸사비우의 외침에 오성이 뒤를 힐끔 보았다.

그 또한 쫓아오는 야인들의 수를 보고 기막혀 했다.

'뭐야, 이건?!'

그들에게 깊은 원한을 안겨준 바가 있는지 기억을 되짚었다.

하지만 없었다.

굳이 찾더라도 바이칼 호수 주변에서 부락을 지켜주다가 싸운 것 밖에 없었다.

다른 부족에게까지 원한을 줬던 바가 없었기에 깊은 의문이 일어날 수밖에 없었다.

'설마 철륵인가?!'

공격해오는 존재들에 대해서 짐작했다.

원인은 몰랐지만, 그들이 누구인지는 생각할 수 있었다.

주변에 거하는 족속들이 오직 철륵 밖에 없었다.

그리고 수만의 군세를 이루는 것은 반 이상의 철륵이 힘을 합쳐서 공격해오는 것과 같았다.

그러한 사실을 깨달았을 때, 상태왕을 지키는 연수의 외침을 듣게 됐다.

"대장군! 적입니다! 정면에서 옵니다! 놈들이 아군의 후퇴로를 알고 있었습니다!"

정면으로 시선을 옮겼다.

그리고 달려오는 적을 확인하게 됐다.

갑옷을 입은 5천 기병이 있었고, '대당'이라는 한문이 깃발을 높이 세우고 있었다.

그들과 함께 2만 넘는 야인들이 몰려오고 있었고, 상황을 파악한 오성이 무엇이 원인이었는지 깨닫게 됐다.

'당나라구나! 놈들이 아군의 위치를 파악한 거야! 복종을 맹세한 철륵까지 끌고 온 것이고! 사력을 다해서 우릴 치려는 거였어!'

역전을 벌일 수 있는 유일한 길이었다.

자신과 상태왕을 위시한 군사들은 정예군이었지만 1만 명에 남짓했다.

반면에 적은 못해도 5만 명이 넘는 것처럼 보였다.

격돌하게 되면 승패를 장담할 수 없었다.

아니, 앞뒤에서 적이 공격해오면서 포위될 수 있었다.

기습을 당했기에 화기를 장전할 수 없었고 수레는 숲에 버려지다시피 했다.

때문에 매우 불리한 상황이었다.

그럼에도 포위를 반드시 뚫어야 했다.

이제는 숲에서 나왔기에 말을 타고 달리면서 진형과 대열을 짤 수 있었다.

5천 기에 달하는 개마무사들이 전면에서 달리며 줄 맞춰 돌진하기 시작했다.

"적군을 깨부숴라! 대고려국 개마대의 위용을 보여주는 것이다! 적군과 적의 말까지 짓밟아라!"

"예! 장군!"

"전군! 돌격!"

"돌격!"

"와아아앗!"

창을 전방으로 겨눈 채 자세를 한껏 낮추었다.

속도는 조금 줄었지만, 중갑기병만이 선보일 수 있는 묵직함으로 밀어버리려고 했다.

마치 방진을 취하듯이 진법을 구성하고 앞으로 달려갔다.

햇빛을 받아 갑옷이 은빛으로 빛나고 있었다.

그리고 돌진해오는 개마무사들을 당 기병과 철륵 전사들이 상대하려고 했다.

그들을 홍의와 붉은 갑옷을 착용한 장수가 이끌고 있었다.

온 옷이 붉어 마치 온몸이 화염 속에서 불타는 듯했다.

그의 무기가 개마무사들을 이끄는 대장에게 겨누어졌다.

개마대장이 창끝을 예리하게 겨누면서 맞서려고 했다.

서로가 서로의 목숨을 노렸고, 내질러지던 방천화극이 한 번 접히면서 크게 휘둘러졌다.

그러자 붉은색 기운이 폭발하듯이 뿌려지면서 바람이 크게 일어났다.

'쾅!' 하는 소리와 함께 개마대장의 몸이 공중으로 튀어 올랐다.

그의 몸과 말이 등분 되면서 쪼개어 졌다.

"장군?!"

개마무사들의 입에서 경악이 터져 나왔다.

온 사람들의 눈이 휘둥그레지면서 한 사람에게만 이목이 집중되었다. 그는 설례였다.

"송사리들은 꺼져라! 천군은 어디에 있나?! 내가 바로 대당의 설인귀다!"

대당국 유일의 충신이었다.

설인귀가 돌진해오다

불꽃이 화려하게 불타올랐다.

달려오는 적장이 붉은색 기운을 뿌렸고, 그에게 맞서던 개마대장의 눈이 휘둥그레졌다.

'이런!'

순간적으로 아차 싶었다. 홀로 1천 명의 군사를 상대할 수 있었지만 상대는 그것을 훨씬 뛰어넘는 무장이었다.

기를 쓸 줄 아는 무장은 홀로 1만 군사를 상대할 수 있었다. 그 사실을 알게 되었을 때는 이미 눈앞에 와 있었다. 공격이 최선의 방어였다. 창끝을 내지르면서 어떻게든 만인지장을 상대하려고 했다.

하지만 폭풍이 크게 일어났다.

'어……?'

세상이 뒤집어지면서 빙글빙글 돌았다.

타고 있던 말과 하반신이 순간적으로 보였다.

그리고 무기를 휘두른 적장이 눈에 보였다.

'장군!' 이라고 크게 외치는 부하들의 목소리가 메아리처럼 들렸다.

바닥으로 떨어졌을 때 숨을 쉴 수 없었고, 몇 초 동안 일어나 보려고 하다가 자신도 모르게 정신을 잃었다.

그렇게 천군을 따르던 개마대장이 목숨을 잃었다. 개마무사들이 상관의 복수를 벌여야 했지만 그럴 수 없었다. 기운을 크게 일으키는 무장이 그들 사이를 헤집었다.

"크아악!"

"어디에 있나?! 권오성! 당장 나와서 나와 자웅을 겨뤄보자!"

"놈을 막아! 우왁!"

피바람이 무사들 사이에서 일어났다. 휘둘러지는 방천화극이 각궁의 화살도 막는 개마무사들의 찰갑을 갈라놓았다.

극의 날보다 예리한 기운이 마갑까지 가르면서 군마를 베었다. 무사들과 군마의 비명 소리가 크게 일어났다.

그로 인해 개마대의 진형이 깨지고 무사들이 두려움을 느꼈다. 용기를 얻은 당 기병들이 설례를 따르면서 개마대에 부딪쳤다.

"쳐라!"

"와아아아!"

"대당국 황제 폐하! 만세!"

옥천이 무사들 사이로 뛰어들면서 만곡도를 휘둘렀다.

날이 두꺼운 만곡도가 무사들의 탄력 넘치는 갑옷을 때리다시피 했다. 칼을 맞고 무사들이 튕겨나고 있었다.

"크윽!"

그리고 갑옷의 빈틈으로 옥천이 만곡도를 예리하게 찔러넣었다. 그의 무예로는 개마대 천호장에 비해서 결코 부족함이 없었다. 또한 당 기병들도 마찬가지였다.

군마까지 중갑으로 보호되는 개마무사들을 상대하기 위해서 철퇴 같은 무기로 무장해 있었다. 두꺼운 가시가 박힌 무거운 철구를 진형이 깨진 개마무사들에게 휘둘렀다.

그로인해 무사들이 뼈를 다치면서 신음하게 됐다.

"으윽!"

기병의 최고 전술인 돌진력마저도 죽어버렸다.

때문에 서로의 몸과 몸이 부딪칠 수밖에 없었다.

비록 적의 예리한 칼과 검에 상처를 입지만, 그래도 온몸과 군마를 감싼 갑옷을 믿으면서 창을 내질렀다.

만용을 부린 당 기병들을 죽이기 시작했다.

"커헉!"

"놈들을 쓸어내라! 이얏!"

하지만 2만 야인들까지 달려들자 무사들도 어쩔 수 없었다. 수를 앞세우면서 뛰어들자, 이내 난전이 펼쳐지면서 무사들이 어려움을 겪었다. 무기를 든 팔은 하나였지만, 질러 들어오는 무기는 십 여개였다. 이내 피를 토하면서 죽어가는 자들이 생겨났다.

"크흡⋯⋯!"

그들 사이를 설례가 계속 헤집었고, 누구도 설례의 돌진을 막을 없었다. 화극이 닿을 때마다 갑옷이 갈라지고 뼈와 살이 분리 됐다. 때문에 공포를 느낀 개마대가 본의 아니게 길을 열어줬다.

"놈을 막아라! 크악⋯⋯!"

"아악⋯⋯!"

군마 째로 썰려 나가면서 비명을 크게 질렀다.

개마무사들을 가르면서 거의 꿰뚫었을 때, 설례의 시선 안으로 삼족오기가 들어왔다.

그 아래에 100기에 달하는 정예 군사들이 보였다.

그리고 누군가를 감싸며 보호하고 있었다.

보호 받는 이가 누구인지 금세 알아봤다.

'고려 상왕이구나! 놈을 반드시 사로잡아야 한다! 그래야 역적 놈들을 돕는 고려 놈들을 물리칠 수 있다!'

황실을 지킬 수 있는 유일한 길이었다.

상태왕으로 알려진 고려 상왕을 사로잡아야 했다.

앞을 막는 것이 있다면 무엇이 되었든 짓이겨야 했다.

속도를 높이면서 삼족오기를 향해서 달렸다.

붉은색 옷깃을 휘날리면서 화염이 빠르게 달려오는 듯했다. 그의 기운이 범상치 않음을 오성이 알았고, 상온이 다급하게 소리쳤다.

"설인귀입니다!"

"뭐?"

"놈이 당군과 야인들을 이끄는 것 같습니다! 저놈에게 우리 군이 숱하게 목숨을 잃었습니다!"

상온의 알림을 듣고 오성이 설례를 보면서 빠르게 생각했다.

'저 놈이 설인귀라고……?!'

개마대가 무력할 정도로 압도적인 무위를 선보였다.

붉은색 기운이 흉흉하게 뿌려지고 있었고, 그의 이름과 자가 역사에 깊이 새겨져 있음을 오성이 알고 있었다.

어쩌면 당나라에서 가장 강한 무장일 수도 있었다.

그의 손에 고려가 망했고, 그를 이기고 나서야 발해가 세워질 수 있었다. 미래를 지키기 위해선 그를 반드시 이겨야 했다. 수단과 방법을 가리지 않아야 했다.

연수가 먼저 오성에게 보고를 올렸다.

"화기로 놈을 상대하겠습니다! 권총과 소총이 장전되었습니다! 대장군!"

개마대가 싸워주는 사이 총탄을 장전할 수 있는 여유가 있었다.

대원들이 총탄을 장전했고 오성이 따로 연수에게 대답하거나 명을 내리지 않았다. 그럴 수 있는 여유조차 없었다. 빠르게 달려오는 설례를 권총과 소총으로 제압해야 했다. 이내 연수가 대원들에게 명령했다.

"조준! 발포하라!"

연수의 명에 대원들이 설례를 조준하고 방아쇠를 당겼다. 총구가 조준되었을 때 설례가 위기를 직감하면서 고삐를 잡아당겼다.

"이런, 빌어먹을!"

탕! 타탕! 탕!

히히힝!

"큭!"

말을 일으켜 세우면서 날아드는 총탄을 막았다. 덕분에 말이 그 대신 총탄을 맞고 울음소리를 일으켰다.

피 흘리는 말이 뒤집어지면서 설례가 떨어졌다. 그리고 연수와 상온이 신속히 대원들에게 장전 명령을 내렸다.

"어서 장전해라!"

다시 총탄을 장전할 여유가 전혀 없었다.

"고려 놈들을 쓸어내라! 돌격!"

"와아아아!"

당 기병들이 개마대를 뚫어내면서 달려오고 있었다.

야인들이 그들을 대신해서 무사들을 상대하고 있었고, 빠르게 달려오는 기병들 탓에 대원들이 총탄을 제대로 장전할 수 없었다. 때문에 검을 뽑아 들어야만 했다.

남생이 시위에 화살을 장전하면서 기병대 장수들을 노렸다. 연수가 곡산검을 뽑아들면서 크게 소리쳤다.

"폐하를 지켜라! 절대로 밀리지 마라!"

걸사비우와 속말군이 뒤에서 쫓아오는 야인들을 상대하고

있었다.

그야말로 절체절명이었다. 하지만 반드시 막아내야 했다. 고보장도 검을 뽑으면서 직접 싸울 준비를 했다. 그리고 부딪쳤다. 당 기병들이 상태왕을 지키는 용호대에게 달려들었다. 병장기가 휘둘러지면서 칼날과 검날이 번뜩였다. 당 기병의 목을 치혁의 검이 파고들었다.

"억……!"

목에 검이 찔린 기병의 머리가 옆으로 젖혀졌다. 목줄이 거의 끊어지다시피 하며 치혁의 곁을 지나는 당 기병이 절명했다.

뒤따르던 기병도 치혁의 검을 맞고 옆으로 떨어졌다.

그리고 군관이 달려들자 그 또한 치혁의 예리한 검격에 베였다. 옆에서는 상온이 도끼창을 휘두르면서 기병 여럿을 쪼갰다.

"와 보라고! 자식들아! 어?!"

날에 맞은 자가 양단 됐고, 창대에 맞은 자가 피를 토하면서 말 위에서 떨어졌다. 그리고 천 명의 기병을 이끄는 당 장수에게 남생의 화살이 날아들었다.

"크악!"

"장군?!"

얼굴에 화살을 맞은 천호장이 말 위에서 떨어졌다.

이어서 함께 있던 군관과 기병들이 무더기로 화살을 맞으면서 떨어졌다. 한 번에 여러 발의 화살을 남생이 쏘아 날렸다. 대원들이 홀로 십 수 명의 기병들을 상대하는 가운데, 연수가 앞으로 달리면서 기병들 사이를 파고들었다. 곡산검을 휘두르면서 적군의 목과 허리를 베었다.

"커헉……!"

"윽……!"

베어진 자들이 말 위에서 떨어지며 피를 물었다.

날카로운 바람이 되면서 연수가 더욱 많은 적 기병들을 죽였다. 그리고 또 한 명의 천호장을 발견했다.

단단한 투구를 쓴 천호장에게 달려가면서 검을 내질렀다. 그때 그녀 앞에서 붉은 기운이 뿌려졌다.

"……?!"

"어딜!"

끼엑!

말 목이 베이면서 기괴하게 울었다.

목중 절반이 끊어지면서 말이 앞으로 고꾸라졌다. 따라 타고 있던 연수도 땅 위에 떨어지면서 나뒹굴었다.

"크윽! 커헉!"

설례의 공격에 손에서 검을 놓치면서 몇 바퀴나 굴렀다. 때문에 격한 통증이 온몸에 밀려들었다.

정신을 차리기가 매우 힘들었고, 어렵게 고개를 들며 손에서 놓친 검을 찾아 다시 쥐려고 했다. 하지만 자신을 말에서 떨어트린 설례의 움직임이 훨씬 빨랐다.

그의 화극이 바람보다 빠르게 다가오고 있었다. 화극의 끝을 보면서 스스로에게 간절한 바람을 갖게 됐다.

'움직여! 움직여야 해!'

말에서 떨어진 충격으로 몸이 굳어버렸다.

호흡이라도 제자리로 돌려놓는 시간이 필요했다.

하지만 그 시간이 자신에게 주어지지 않았다.

곧 설인귀의 극이 자신에게 이를 것 같았다.

가슴이 꿰뚫리고 몸이 갈기갈기 찢겨질 것 같았다.

모든 것을 포기하면서 절망을 받아들이려던 땐, 새하얀 기운이 몸을 감싸면서 주위를 밝혔다.

눈앞에서 소리가 크게 일어났고, 내질러지던 화극의 끝이 튕겨났다. 땅에 상흔이 새겨지면서 설례의 분노가 빗나가 버렸다. 설례와 연수의 시선이 한 곳으로 향하게 됐다. 설례가 자신의 공격을 막은 자를 올려다봤다.

말 위에 탄 젊은 장수가 새하얀 기운을 일으키면서 막을 가로막고 있었다.

그리고 그가 누구인지 설례가 깨달았다.

"네놈은……."

"……."

그를 한 번도 만나본 적이 없었다.

하지만 금세 알아볼 수 있었다.

어디서도 느낄 수 없는 이질적인 느낌이 있었다.

미세한 외모와 눈빛과 손끝까지 전부 달랐다. 같은 사람이면서도 격이 다른 인물이라는 것을 깨달았다.

"네놈이구나! 네놈이 하늘에서 떨어진 자였어! 이제 그 목을 내가 거둘 것이다, 권오성!"

황실을 지킬 수 있는 길이 눈앞에 펼쳐져 있었다.

228

그 기회를 결코 놓치지 않으려고 했다. 화극을 크게 일으키면서 오성에게로 겨눴고, 그 살기에 하늘의 뜻을 품은 자가 맞서려고 했다. 고려의 미래를 위해 사활을 걸고 있었다. 검과 극이 서로 부딪치기 시작했다.

삶과 죽음의 사이에서 결정되다

목표가 완전히 바뀌었다.

여인이지만 매우 뛰어난 무력을 지닌 장수가 있었다.

그 여인을 죽이고 고려 상왕을 감싸는 호위 군사들을 죽이려 했다.

하지만 천군이 있었다.

그 자는 고려의 미래를 밝히고 당나라의 내일을 어둡게 만드는 자였다.

그를 죽여야 황실의 안위를 보장 받을 수 있었다.

또한 고려 상왕을 사로잡을 수 있었다.

온 힘을 다해 천군을 죽여야 했다.

230

기운을 일으키면서 방천화극을 내질렀다.

그리고 천군이 검으로 막아냈다.

"크윽!"

상대하는 자가 강대한 자라는 것을 깨달았다.

그 힘이 글필하력에 비해서 부족함이 없다는 것을 알았다.

아니, 아예 능가하고 있었다.

당 황실을 지키겠다는 필사의 의지가 설례에게 계속해서 기운을 불어다 넣어주고 있었다.

그 의지에 오성의 검이 밀려났다.

넋 나간 모습으로 지켜보던 연수가 제정신을 차리면서 급히 떨어진 검을 찾아서 손에 쥐었다.

그리고 오성을 돕기 위해서 설례에게 달려들었다.

"하압!"

설례의 공격을 막던 오성이 소릴 질렀다.

"안 돼!"

곁눈질을 한 설례가 화극을 뒤쪽으로 크게 휘둘렀다.

"어딜!"

퍽!

"으윽!"

극의 날을 연수가 곡산검으로 흘리려고 했다.

하지만 설례의 발차기를 맞고 떨어져 나갔다.

그 사이 분노한 오성이 다시 검을 내질렀고, 빠르게 극을 돌린 설례가 막아낸 뒤 오성에게 내질렀다.

화극의 끝을 검 끝으로 겨우 막았다.

다시 설례에게 반격을 가하려고 했다.

그때 말이 기우는 것을 느꼈다.

'이런!'

말목이 순식간에 양단 됐다.

군마가 울음소리조차 내지 못할 정도로 한 순간에 목이 베였고 쓰러졌다.

그것으로 인해서 오성이 말 위에서 떨어지면서 굴렀다.

"큭!"

충격이 있었지만 이내 일어서면서 자세를 잡았다.

자신에게 달려들 설례의 공격을 막아야 했다.

이미 그가 코앞에 와 있었고, 붉은 기로 감싸인 화극의 날이 선명하게 보였다.

급히 호흡을 정련시키면서 단전의 기를 끌어 모았다.

그리고 기를 일으킨 검으로 설례의 공격을 막았다.

오성의 몸이 크게 뒤로 밀려났다.

발이 땅을 파고들 정도로 강한 공격을 받았다.

하지만 신체가 부담을 느낄 정도로 큰 충격을 받진 않았다.

검을 치켜세운 상태로 자세를 계속 잡고 있었다.

그리고 거리를 벌린 설례를 잠시 보았다.

호흡을 유지하면서 등에 메고 있던 소총을 내렸다.

이미 고장 난 총이기에 계속 지니고 있을 의미가 없었다.

소총을 내려놓고 잠시 설례에 대한 생각을 했다.

'명불허전이다! 어쩌면 이 자가 당나라에게 최고의 무장이자 장수일지 몰라! 무력은 말할 것도 없고, 내 뒤를 쫓아온 것도 정말 대단해. 방비를 철저히 했음에도 경계망이 뚫린 것은 오로지 설인귀의 능력 때문이야. 이자야말로 당나라의 대장군이다!'

마음속으로 설례에 대한 감탄을 일으켰다.

역사를 뒤집는 지식과 기예로 이미 당의 모든 것을 압도하고 있었다.

하지만 역전을 노리는 최후의 위인이 있었고, 그 어느 때보다 큰 위기와 긴장을 느끼고 있었다.

궁지에 몰린 맹호만큼 매서운 상대가 없었다.

하지만 반드시 이겨야 했다.

그래야 당나라를 무너뜨리고 고려의 미래를 밝힐 수 있었다.

검 자루를 고쳐 잡고 설례에게 몸을 날렸다.

"흡!"

기를 가득 담아 바람보다 빠르게 검을 휘둘렀다.

설례의 반사 신경이 오성의 움직임을 따라잡지 못했다.

하지만 수많은 전장에서 갈고 닦은 짐승 같은 본능이 있었다.

시선이 따라가기 전에 몸이 먼저 반응하면서 화극을 일으켰다.

오성의 검을 막고 극의 끝을 겨누면서 내질렀다.

그것을 흘리기가 몹시 힘들었고 오성이 화극을 검으로 강하게 쳐냈다.

크게 밀려난 화극이 다시 제자리로 돌아와서 검을 막고 다시 내질렀다.

주변에서 공기가 빨려 들어가는 것 같았다.

연수의 시선이 두 사람에게 고정되어 있었다.

"대장군……."

눈으로 따라잡기 힘든 움직임이 계속 일어나고 있었다.

누구도 두 사람의 싸움에 끼거나 훼방할 수 없을 것 같았다.

집중력이 흐트러지는 순간, 그야말로 단 번에 결판날 수 있었다.

계속해서 합을 주고받았고, 그때 걸사비우의 외침이 크게 울려 퍼졌다.

"형!"

오성을 부르는 것 외에 어떤 말도 할 수 없었다.

그만큼 여유가 없었다.

대검으로 철륵 족속을 베어 넘기고 있었지만, 수에서 압도하는 철륵 전사들이 연이어 용호대에게 달려들었다.

대원들이 악을 쓰면서 막고 있었다.

"너무 많아!"

"제기랄!"

"폐하를 지켜 드려라!"

도끼창을 휘두르는 상온이 소리쳤다.

치혁이 기를 쓰고 있었고, 검을 뽑은 상태왕이 직접 당 기병들을 베어 넘기고 있었다.

개마무사들이 여전히 분투를 벌이고 있었고, 활로 무장한 전사들이 화살을 쏘면서 속말군과 대원들을 맞히게 됐다.

찰갑 부위를 맞으면 큰 문제가 없었지만, 갑옷으로 보호되지 않는 곳과 군마가 맞으면 문제가 크게 일어날 수밖에 없었다.

비명이 곳곳에서 울려 퍼졌다.

"크악!"

허벅지에 화살을 맞은 채 속말 전사들이 싸우고 있었다.

또한 화살을 맞은 말들이 울음소리를 일으키면서 죽거나 함께 고통을 견디면서 싸우고 있었다.

철륵 전사들도 눈 먼 화살을 맞기도 했지만 그리 신경 쓰지 않고 있었다.

오직 천군이 이끄는 고려군에 대한 궤멸을 목표로 삼았다.

그러한 광경이 연수의 눈에 들어오고 있었다.

그때 천군이 탔던 말의 시체로 누군가 달려오는 것을 보았다.

그 자가 누군지 연수와 오성이 한 번에 알아 봤다.

'저 자식도 있었어?! 이런, 망할!'

환인의 땅을 다스리던 추장이었다.

자선이 희열에 찬 미소를 드러내면서 죽은 말의 안장에 걸린 보를 들어올렸다.

창끝으로 보를 들어 영고대를 취한 뒤, 설례와 싸우는 오성과 연수를 한 번씩 쳐다보았다.

그의 시선과 미소 때문에 조롱처럼 느껴지고 있었다.

"이건 이제 내가 가져가마! 네놈들은 이 땅에 묻혀 짐승들에게나 선정을 베풀어라!"

저주를 퍼부으면서 돌아섰다.

영고대를 훔쳐가는 자선을 보면서 오성이 연수에게 소릴
질렀다.

"용호대장!"

"……!"

그가 불렀을 때 설레가 기를 크게 일으켰다.

"어디 주의를 흐트러뜨리는 것이냐!"

"크악!"

화극을 막았지만 발차기를 맞으면서 뒤로 나뒹굴었다.

위기에 빠진 천군을 구해야 했다.

하지만 그가 진정으로 바라는 것이 무엇인지 연수가 알고
있었다. 빼앗긴 영고대를 다시 되찾아야 했다.

하지만 말을 잃어서 도망치는 자선을 쫓을 수 없었다.

사람의 다리로 아무리 뛰어봤자, 온 힘을 다해서 달리는 말
의 속력을 따라갈 수 없었다.

결국 그를 잡을 수 있는 사람에게 도움을 요청했다.

"연남생! 놈을 떨어트려!"

연수가 다급히 외쳤고 그녀의 외침을 남생이 들으면서 시
선을 옮겼다.

상관이 말 달리는 자들을 다급히 가리키고 있었다.

급히 남은 화살 두 발을 시위에 동시에 장전했다.

그리고 도망치는 자들을 향해서 화살 끝을 조준하게 됐다.

바람이 불고 있었지만 전혀 상관이 없었다.

 236

화살을 쏠 땐 변화무쌍한 세상을 계산하면서 쏘는 것이 아니었다. 그저, 이겨낼 뿐이었다.

손에서 시위가 풀어지자 화살들이 춤을 추면서 공기를 갈랐다. 그리고 환하게 웃던 적에게 날아가면서 머리와 목을 한 번에 관통시켰다. 다시 일어날 수 없도록 확실하게 절명시켰다.

"단군!"

뒤따르던 자들이 고려 말을 쓰면서 크게 놀랐다.

이내 어쩔 줄 몰라 하면서 경악을 일으켰다.

남생은 표적을 적중시킨 것을 확인한 뒤 검으로 적을 상대하기 시작했다. 온몸에 피를 묻혀가면서 싸우기 시작했다. 검에 소질이 없었지만 결코 물러날 수 없었다.

서란이 바란 고려를 반드시 지키고자 했다.

영고대를 훔쳐서 도망치던 자선의 죽음을 오성이 확인했다. 대결에서 시선이 잠시 떠난 사이, 설례가 그의 빈틈을 놓치지 않았다. 다시 기운을 크게 일으키면서 오성에게 화극의 날을 휘둘렀다.

'이런!'

호흡의 집중이 흐트러졌다.

순간적으로 기가 꺾여 버렸고, 검도 함께 꺾였다.

검으로 화극을 막았지만 부러졌다.

몸에 충격이 가해지면서 쓰러졌다.

그리고 방천화극이 내려찍히려고 했다.

"끝이다! 권오성!"

"……!"

어느 때보다 죽음이 가까이 찾아왔다.

그것이 천신의 뜻일까 했다.

자신이 죽음으로써 고려가 지켜질 수 있을까 했다.

하지만 고려의 많은 것이 이미 변해 있었다.

멸망하는 미래가 완전히 사라졌고, 역사상 유래 없는 중흥을 맞이하고 있었다.

아마도 천 년의 미래 정도는 충분히 밝힐 수 있을 것이라고 생각했다. 그만한 유산이 고려에 남겨져 있었고, 이제 죽어도 만들어진 대세가 뒤집어지지 않을 것이라고 생각했다. 그렇게 죽기 전에 많은 생각이 들었다.

그리고 죽음을 받아들이려고 했을 때, 앞에서 그림자가 가로막는 것을 보게 됐다.

그림자의 정체가 무엇인지 단번에 깨달았다.

연수가 달려와서 설례의 화극을 막아냈다.

그녀의 높게 올려서 묶인 머리카락이 풀어지면서 산발이 됐다. 사력을 다해 오성을 지키고자 했다.

"절대로, 내주지 않을 거다…! 어르신을 네놈들에게 말이다…! 네놈들은 절대 우리가 가진 어떤 것도 가져갈 수 없어……!"

"감히! 흡!"

"크윽!"

단전에 모은 호흡을 깨트리지 않으려고 안간힘을 썼다.

내려찍는 방천화극을 연수가 필사적으로 막아냈다.

238

검 날에서 하얀 빛 무리가 일어나고 있었다. 설례가 온 기운을 끌어 모아 연수와 오성을 함께 찍어 내리려고 했다. 검은 부러지지 않았지만 연수가 이내 주저앉았다.

"으읔!"

그때 따스한 손길이 검 자루로 다가오게 됐다.

연수의 손과 반쯤 포개어지다시피 했다.

"대장군……?!"

오성이 곡산검을 함께 잡았다.

그리고 온 기운을 연수의 검에 밀어 넣었다.

새하얀 기운이 크게 한 번 일어났다가 마치 소용돌이가 일어난 것처럼 검으로 기운이 빨려 들어갔다. 한 순간에 주위 모든 것이 일그러지는 듯한 느낌을 설례가 받았다.

'이건……?!'

그의 본능이 위기에 빠졌다는 것을 알렸다.

그때 방천화극의 날에 금이 가기 시작했다.

쨍!

"큭!"

콰!

"크악!"

기로써 공기가 터지듯이 폭발이 일어났다.

새하얀 빛이 무리가 되면서 터져 나왔고, 두 사람을 상대로 싸우던 설례가 뒤로 튕겨났다.

"헉! 장군?!"

개마무사들을 상대하던 옥천이 설례를 부르짖었다. 그때

남쪽 먼 곳에서 천둥소리가 일어나는 것을 들었다.

쿠쿵! 쿠쿠쿵!

콰콰쾅!

"으아악!"

"⋯⋯?!"

고려군을 포위하기 위해서 돌아나가던 철륵 족이 뒤집어졌다. 야투가 쓰러져서 비명을 질렀고, 주위 전사들이 몹시 당황하면서 겁에 질렸다. 그 모습을 옥천이 확인하고 천둥소리가 난 곳으로 시선을 옮겼다. 그리고 그곳에 무엇이 있는지를 깨달았다.

"맙소사⋯⋯!"

삼족오기가 나부끼고 있었다. 그 아래에 무수한 고려군이 있었고, 일부는 온통 묵 빛으로 물들어 있는 듯했다.

그들이 누구인지 옥천과 당병들이 알고 있었다. 삼족오기 아래에 선 이가 입꼬리를 올리면서 비웃고 있었다.

마지막 적군이 무너지다

"커헉… 우윽……."

"칸! 칸!"

"……."

"맙소사! 어떻게 이런 일이……!"

피로 물든 전사들이 추장인 야투를 붙들었다.

하반신을 잃은 야투가 피를 토하다가 죽었고, 주위 복골 전사들이 몹시 당황하였다.

이내 돌아보면서 소리가 일어난 언덕 위를 보았다.

"저놈들은 설마……."

언덕 위에 무수한 군사들이 있었다.

삼족오 기가 마치 언덕을 따라 세워져 있듯이 나부끼고 있었다.

모든 군사가 부대 별로 통일된 옷차림을 하고 있었고, 똑같은 갑옷과 똑같은 무기를 들면서 군기 엄정한 모습을 보이고 있었다.

군마에게까지 마갑을 착용시킨 중갑기병도 함께였다.

그들의 갑옷이 온통 묵 빛으로 물들어 있었다.

당 기병들이 알아보면서 한 순간에 얼어붙었다.

"뭐야, 저놈들은……?"

"설마, 놈들의 지원군인가……?"

"지원군도 지원군 나름이지, 설마 흑개마대는 아니겠지……?"

"흑개마대면 천개소문 놈도 함께 왔을 거야. 놈의 직속 부대니까!"

"지금 흑개마대가 문제가 아냐! 놈들이 온통 화기로 무장해 있어!"

"어떻게 이런 일이……!"

천한 연개소문이라 부르면서도 그에 대한 두려움을 당병들이 나타냈다.

하지만 더욱 큰 두려움은 몰려온 군사들이 고려군이며 화기로 무장한 사실에 있었다.

도열한 고려군 앞에 철덩이들이 일렬로 세워져 있었다.

그리고 하얀 연기를 피워 올리고 있었다.

앞선 포격으로 고려군을 감아 돌면서 포위하려던 복골 전사들이 타격 받았다.

여태 경험한 적 없는 공격을 받고 비명을 질렀으니, 단숨에 전장이 얼어붙었다.

그런 전장을 연개소문이 내려다보면서 입꼬리를 올렸다.

그의 곁으로 대걸걸중상이 다가와서 이야기 했다.

"영의정 어르신의 판단이 맞았습니다. 놈들이 대장군과 상태왕 폐하를 노렸습니다."

대걸걸중상의 말에 연개소문이 웃음기를 지우면서 이야기 했다.

"설인귀가 북평에서 물러났으니까 말입니다. 남쪽으로 향했을 줄 알았는데, 북쪽으로 향했다는 소식을 듣고 빠르게 첩보를 모은 것이 주효했습니다. 놈이 철륵을 이끈 시점에서 천군과 폐하께서 위험해지셨습니다. 이제 놈들에게 응징을 가할 것입니다."

"예! 어르신!"

"아군이 섞여 있지 않은 곳으로 포격해서 돕기 바랍니다. 그리고 사단장들에게 명을 내려서 폐하를 구하십시오. 난 흑개마대와 함께 천군을 구하겠습니다."

"군령을 받들겠습니다! 어르신!"

대걸걸중상이 연개소문의 명을 받들었다.

이내 휘하 사단장들에게 명을 내리면서 앞으로 진군하라는 지시를 내렸다.

"1사단과 3사단은 앞으로 전진한다! 그리고 2사단은 포병대를 지켜라! 적에게 포위 된 아군과 상태왕 폐하를 구한다!"

대걸걸중상을 따르는 사단장들이 목소리를 높였다.

"전군! 전진!"

"본진을 지켜라!"

사단장들의 명을 따라서 휘하 병사들이 진형을 유지한 채 움직이기 시작했다.

소총을 어깨에 메고 언덕을 타고 넘으면서 물결을 일으켰다.

그 속도가 전혀 빠르지 않았지만 모든 당군과 철륵 전사들에게 위압을 주기에 충분했다.

연개소문이 고삐 줄을 잡고 을지현에게 명했다.

"갑시다."

"예! 어르신!"

고삐 줄을 튕기자 마치 지진이 일어난 것 마냥 땅에서 진동이 일어났다.

온 땅과 하늘이 울리는 소리가 났고, 고려에 맞서는 모든 존재들에게 공포를 안겨다주는 무사들이 움직였다.

흑개마대가 달려오는 모습을 보고 고보장이 친히 대원들에게 소리쳤다.

"지원군이다! 조금만 더 버티면 된다! 우리가 이겼다!"

상태왕의 외침에 상온이 기합을 크게 일으켰다.

"패잔병들을 몰아내라! 크하압!"

"와아아아!"

용기를 얻은 대원들이 몰아붙이던 당 기병과 철륵 전사들을 베기 시작했다.

그리고 당군의 천호장과 군관들이 몹시 당황했다.

"막아라!"

"아니, 퇴각이다! 후퇴해야 돼!"

"장군께서 명령을 내리지 않으셨다! 전열을 갖춰라!"

"장군! 장군!"

옥천이 다급히 설례를 찾았다.

그리고 그가 천군과 여인 장수와 대치하고 있음을 알았다.

백보 거리 너머에서 서로가 맞서고 있었다.

오성과 연수의 기로 인해서 크게 튕겨나갔던 설례가 어렵게 서 있었다.

그의 방천화극이 산산조각 나 있었다.

"……."

땅과 하늘이 울리는 소리를 듣고 달려오는 흑개마대를 보게 됐다.

가장 앞에서 달리는 기괴한 이를 보고 그가 연개소문이라는 것을 알았다.

요동에서의 악연이 다시 펼쳐지는 듯했다.

그리고 다시 시선을 옮기면서 천군을 보았다.

손에 들려 있던 창대 조각을 버리고 허리에 차고 있던 검을 뽑아들었다.

그때 옆구리에서 통증이 크게 밀려들었다.

"쳇. 베여 버렸군……."

갑옷 안쪽의 홍의가 검붉게 물들고 있었다.

아마도 옷과 갑옷을 벗는다면 옆구리에서 내장이 쏟아질

만큼 큰 치명상일 수도 있었다.

하지만 신경 쓰지 않으려고 했다.

오직 눈앞의 적만을 상대하려고 했다.

전쟁에서 승리할 순 없더라도 천군만큼은 반드시 죽이고자
했다.

그래야 멸망당할 나라의 원수를 미리 갚을 수 있었다.

결사항전을 벌이려는 설례를 오성과 연수가 함께 보았다.

오성이 곡산검을 쥐면서 연수에게 말했다.

"내가 상대할게."

"하지만, 어르신."

"천신을 믿어. 이 모든 게 천신의 계획하심이야."

"알겠습니다……."

군이 적에게 패하지 않았다.

오히려 패한 것은 당의 마지막 군사들이었다.

위기가 있었지만 결국 고려의 승리가 눈앞에 있었다.

그것이 천신의 뜻이라면 뜻이라 여길 수도 있었다.

천신의 계획과 사람의 자유가 함께 하고 있었다.

홀로 곡산검을 들면서 설례와 마주했다.

그리고 순간적으로 경험했던 새로운 경지를 기억했다.

온 기운을 검에 담았을 때 오히려 검기가 지워졌다.

고요함으로 평안을 이룬 가운데, 당나라의 마지막 상징에
게 뛰어들었다.

"와라."

설례도 함께 뛰었다.

그가 가진 검에서 옅은 붉은색 기가 뿌려졌다.

그리고 천군의 곡산검과 부딪쳤다.

기를 뿌리는 설례의 검이 보통의 검처럼 보이는 곡산검을 쪼개야 했다.

하지만 오히려 곡산검이 설례의 검을 파고들었다.

바람이 크게 일어났고, 새하얀 휘광이 주변을 밝혔다.

번쩍!

빛이 쏟아져 나왔다가 사라졌을 땐, 두 사람이 이미 서로 지나가면서 반대편에 서 있었다.

설례가 쪼개진 검을 들고 있었고, 오성이 피 묻은 곡산검을 들고 있었다.

검을 휘둘렀던 설례의 겨드랑이 쪽에서 피가 쏟아져 나오듯이 홍의를 물들였다.

피를 토하면서 설례가 무릎을 꿇었다.

그는 쓰러지면서 큰 죄책감을 느꼈다.

"폐…하……."

마지막으로 태종을 부르면서 의식을 잃었다.

그의 죽음에 지켜보던 옥천이 울분을 일으켰다.

"권오성! 죽여 버리겠다!"

화살을 시위에 장전하면서 오성에게 쏴서 죽이려 했다.

그때 살기를 강하게 느끼면서 옆을 보았다.

온통 묵 빛으로 물들인 사신이 빠르게 달려오고 있었다.

그의 오른손에 들린 흑색의 검이 매우 불길했다.

보기에는 평범한 검처럼 보이고 있었다.

급히 활을 거두면서 만곡도를 들었고, 달려오는 연개소문의 검을 막으려 했다.

철풍이 바람을 일으키면서 옥천이 탄 말 앞을 지나갔다.

철풍을 탄 연개소문이 천검을 한 번 휘두르면서 지나가자, '쾅!' 하는 소리가 일어나면서 주변 공기에 충격파가 일어났다.

검은 불꽃이 잔상처럼 남았고, 불꽃 속에서 일어난 금색의 번개가 닿는 모든 것을 갈라놓았다.

연개소문의 검격을 막던 옥천의 온몸이 굳어버렸다.

그리고 그의 머리가 몸 위에서 떨어졌다.

일격에 옥천이 연개소문에게 가망하자 더 이상 당 기병들이 가망이 없다는 것을 알았다.

"자…장군께서 전사하셨다!"

"좌무위장군께서도 전사하셨어!"

"천개소문 놈이 우리들의 장군을……!"

포성이 크게 일어나고 있었다.

뻐벙! 뺑!

쾌쾅!

"……?!"

동시에 전장으로 거의 돌입한 고려 군사들이 총성을 일으키고 있었다.

"와아아아!"

타타탕! 타타탕! 타탕!

연속된 총격을 일사분란하게 일으켰고, 잘 훈련된 정예 소

248

총수들이 달려든 철륵 전사들을 휩쓸었다.

복수심으로 내달린 글필사문이 총탄을 맞고 칼을 떨어트렸다.

"허헉……."

"칸?!"

콰쾅!

히히힝!

"크아악!"

함께 돌진했던 글필 전사들이 총격과 포격으로 인해서 쓰러졌다.

전황이 완전히 뒤집어졌고, 난전에 빠졌던 개마무사들이 풀려나면서 다시 돌진을 일으키기 시작했다.

이를 지켜보던 당 기병들이 기수를 틀어 버렸다.

"이미 이 전쟁은 끝났어! 온 힘을 다해서 달려라!"

"싸울 생각 하지 마라!"

"으아아아!"

말을 타고 있었기에 도망칠 수 있다고 생각했다.

하지만 빠르게 달릴 수 있기는 고려 기병들도 마찬가지였다.

어려운 전투를 치렀던 걸사비우가 쫓아와서 대검을 휘둘렀다.

"그냥 가면 안 되지!"

"크악!"

"우리 부족에게 용서를 제대로 구해야 할 거야!"

무기를 버리고 투항하면 살 수 있었다.

하지만 도망치는 기병들이 미처 그것을 생각할 수 없었다.

때문에 날을 세우지 않은 걸사비우의 대검을 맞고 온 뼈가 부서졌다. 일부러 도망치는 기병을 더욱 괴롭혔다.

죽더라도 매우 고통스럽게 죽도록 걸사비우가 만들었다. 그렇게 함으로써 죽은 부하들에 대한 원수를 갚으려고 했다.

전장이 빠르게 정리되고 있었다. 전세가 고려군에게 완전히 기울어지고 승리 선언만이 남게 됐다.

사방에서 포성과 총성과 함성이 일어나는 가운데, 오성이 자선이 죽은 곳으로 와서 떨어진 영고대를 주웠다.

그리고 감싸인 보를 벗기면서 가만히 내려다보았다.

'어르신……'

곁에서 연수가 오성의 행동을 가만히 지켜보았다.

그가 어떤 생각을 가지고 어떤 감정을 가졌는지 마음속으로 살폈다. 때문에 왠지 모를 가슴 아픔을 느꼈다.

설례와의 대결 중에 영고대를 빼앗기지 않으려고 천군의 모습을 기억했다. 그때 말발굽 소리가 옆에서 천천히 울리는 것을 들었다. 햇빛을 가리는 그림자를 그녀와 천군이 함께 올려다보았다. 오성의 손에 들린 석판을 보면서 연개소문이 혹시나 하는 생각으로 물었다.

"혹시, 여태 찾았던 신물입니까?"

그의 물음에 오성이 피식 미소를 지어보이고선 대답했다.

"예. 어르신. 영고대입니다. 드디어 진짜 영고대를 찾았습니다. 이제 모든 것이 결정 되었습니다."

오성의 대답을 듣고 연개소문이 입꼬리를 끌어당겼다.

천군에 대한 축하를 그의 미소로써 대신하였다.

그리고 전장을 돌아보고서 이야기 했다.

"교역로 개척을 잠시 미뤄야 할 것 같습니다. 더욱 시급한 일이 우리에게 주어졌으니까 말입니다. 이제 우리는 장안으로 향할 겁니다."

천하대세와 하늘의 뜻이 하나가 됐다. 적이 저항할 수 있는 모든 군사가 분쇄되고 맹장들도 무너졌다.

이제 더 이상 백성들의 바람을 거스를 수 없었다.

연개소문의 이야기를 듣고 오성이 고개를 끄덕였다.

"장안으로 가겠습니다."

전군을 이끌며 당나라에 대한 대정벌을 이루려고 했다.

미래에서 펼쳐지는 모든 비극을 끊어내고자 했다.

그렇게 전투가 마무리 되었다.

그리고 다시 깃발이 세워졌다.

장안이 속한 관중에서 삼족오기가 휘날렸다.

전쟁의 종극에 달하다

　어두운 밤하늘을 화로 불들이 밝히고 있었다.

　어떤 군사도 쉽게 도전하기 힘든 높은 목책이 세워져 있었다.

　목책 안에는 화기로 무장한 군사들이 서서 경계했고, 밖에서는 창검과 활로 무장한 군사들이 보초를 섰다.

　삼엄한 경계가 이어지던 중에 말발굽 소리를 들었다.

　순간적으로 군사들이 소리가 난 쪽으로 창검과 화살 끝을 조준했다.

　그리고 소총이라 불리는 화기를 조준하자, 소리를 일으킨 자가 달려오면서 크게 소리쳤다.

"상단부사 어르신께서 보낸 전령이오! 군호는 대한이오!"

전령의 소리침에 경계병들이 모든 무기를 거뒀다.

소리를 듣기 전과 같이 목책과 그 주위를 지켰다.

그리고 말 탄 전령이 군영의 문을 지나면서 안으로 들어갔다.

군막과 군막 사이의 넓은 길을 달리면서 지났고, 한참을 지난 후에 중심에 위치한 군막 앞에 이르러 전령이 하마했다.

횃불이 밝히는 군막 안에 탁자가 놓여 있었다.

탁자는 원형이라 어떤 자리도 상석이라 부를 수 없었다.

그곳에 하늘나라의 정체를 아는 사람들이 모였다.

군막 밖을 을지현과 흑개마대 무사들이 지키면서 특별한 일이 아니면 사람의 접근을 차단 시켰다.

탁자 위로 천군이 소지했던 소총이 놓이고 탄창이 분리됐다.

그리고 안에서 실탄이 꺼내어져서 탁자 위에 세워졌으니, 천군의 이야기를 듣게 된 상태왕이 되물었다.

미래를 위한 천군의 계획이 있었다.

"그 무기를 상장군에게 넘길 것이란 말인가?"

"예. 폐하."

"그러면 그 무기로 신무기를 만들 것인가?"

상태왕인 고보장이 천군에게 물었다.

그리고 천군인 오성이 고개를 끄덕이면서 대답했다.

"이 소총의 특징들을 살린 무기를 만들 것입니다. 먼 미래이지만 말입니다."

"먼 미래라고?"

"살상력이 뛰어난 무기를 빨리 만들어봐야 좋을 것이 없습니다. 이 무기가 가진 특성들을 연구해서 적이 강한 무기를 보유했을 때, 근소하게 우수한 무기를 개발해서 보유할 것입니다."

"……."

"그렇게 되면 무기의 발전 속도를 조준할 수 있습니다. 미래에서는 너무나도 손쉽게 사람을 죽일 수 있어서 조금만 방심해도 대량 살상이 벌어집니다."

오성의 말에 고보장이 미간을 좁혔다.

그리고 그 말에 양만춘이 이해하면서 말했다.

"어찌되었건 전쟁에서 이길 수 있도록 만들겠다는 것인가? 물론 후손들을 통해서이겠지만 말일세."

"예. 대장군."

"자네 말대로 사람을 많이 죽여 봐야 좋을 것이 하나도 없네. 적이든 우리든 우리 후손들이든 강한 무기는 늦게 나올수록 좋은 것이네. 자네의 뜻에 동의를 표하네."

"감사합니다."

"헌데, 이 자리에 용호대장이 함께 하고 있을 줄은 몰랐군."

미래에 관한 대비를 논하는 자리였다.

그리고 그 자리에 용호대장인 온연수가 함께 하고 있었다.

양만춘이 함께 하는 연수를 보고서 기이함을 느꼈다.

연개소문이 입꼬리를 올리면서 연수를 보았다.

"이제, 알고 있나 보군요?"

그의 말에 연수가 대답했다.

"예. 어르신. 대장군이 어떤 사람인지 알게 되었습니다. 처음엔 다소 놀랐지만 지금은 괜찮습니다."

연수의 이야기를 듣고 연개소문의 미소가 더욱 번졌다.

두 사람이 연인이라는 것을 알고 있었다.

그리고 천군의 정체를 깨닫고 나서도 그에 대한 그녀의 감정이 여전히 유효하다는 것을 알게 됐다.

차분한 모습과 천군을 말하는 그녀의 목소리에 따뜻함이 깃들어 있었다.

그녀의 기생을 알아차리면서 연개소문이 만족했다.

아마도 천군에 대한 비밀을 지켜줄 것이라고 생각했다.

그런 생각으로 양만춘이 오성에게 물었다.

"이 자리 외에 다른 사람은 모르는 것인가?"

질문을 듣고 오성이 고개를 끄덕이면서 대답했다.

"예. 대장군."

"상장군과 상단부사와 속말부사에게도 말인가?"

"세 사람을 아끼지만, 해야 할 말이 있고 하지 말아야 할 말이 있습니다. 본의 아니게 들킨다면 또 모르겠지만 의도해서 말하진 않을 것입니다. 오히려 철저히 숨길 것입니다."

고려를 위한 선택이었다.

그리고 그런 선택이라는 것을 세 사람이 알아줄 것이라고 생각했다.

하지만 알아주는 일이 가급적 없기를 소망했다.

최대한 비밀로 지켜지기를 원했다.

그저 고려의 미래가 지켜질 수 있기를 바랄 뿐이었다.

고장이 나버린 미래 소총에 대한 천군의 결단을 네 사람이 들었다.

그리고 이제 전쟁이 막바지라는 것을 알았다.

"토번이 서량과 파촉을 점령했었지."

"예. 폐하."

"그리고 진랍이 운남을 점령하고 교주에서 거병한 백성들이 장사 남쪽까지의 땅을 차지했다. 스리비자야의 황자가 교주 민병들을 돕고 있고 말이다. 대만과 아이누군은 어떻게 되었나?"

고보장이 연개소문에게 물었고, 질문을 받은 연개소문이 오성을 보았다.

이내 오성이 두 나라 군사들의 위치를 알려줬다.

"대만군은 금릉을 지키고 있습니다. 아이누군은 북평을 지키고 있고 말입니다. 육로와 수로의 보급 시작점을 지키고 있기에, 군의 전열이 갖춰지는 대로 진격을 벌일 것입니다."

"한 달 안으로 끝나겠군."

"보름 내로 끝낼 것입니다. 물론 목표지만 상황에 따라 유연하게 교전할 것입니다. 아군 피해 최소화와 보급로 확보가 우선입니다. 적이 우리 보급로를 공격한다면 지금까지의 노력이 수포로 돌아갈 수도 있습니다."

방심하지 않는 오성을 보면서 고보장이 미소 지었다.

그리고 고개를 끄덕이면서 천군에게 말했다.

"대장군의 뜻대로 하라. 대장군의 판단과 결정이 이 나라 군에게는 최선일 것이다. 오직 더욱 많은 군사와 백성들이 온전히 지켜져서 집으로 갈 수 있기를 바랄 뿐이다."

오성이 머릴 숙이면서 상태왕의 뜻을 받들었다.

"분부, 받들겠습니다. 이 전쟁을 속히 끝내, 군의 노고와 백성들의 고통이 멈춰지도록 만들겠습니다. 최선을 다하겠습니다."

오성이 상태왕의 뜻을 받들자 한 번 더 고보장이 고개를 끄덕였다.

그리고 연개소문이 자리에서 일어나면서 말했다.

"이제, 장안으로 갑시다."

따라 양만춘과 연수가 일어섰고 오성이 일어났다.

고보장이 일어나면서 함께 장안으로 진격하기로 했다.

역사가 바뀌지 않았다면 그 해는 백제가 무너지는 해였다.

하지만 모든 것이 바뀌었고 천신의 뜻이 새롭게 세워졌다.

그 뜻은 하늘을 참칭하면서 진짜 하늘을 능멸하고 기망하는 존재에 대한 응징이었다.

장안에 접한 위수 강변에서 함성 소리가 일어났다.

"전군! 돌격!"

"와아아아!"

"상장군을 따르라! 대고려국 만세!"

판옥선이 위수에 나타나면서 강변 위로 뱃머리를 올렸다.

수백 천에 이르는 판옥선으로부터 화기로 무장한 해병들이 쏟아져 나오면서 달리기 시작했다.

그리고 선두에 철창을 든 창운이 달렸으니, 그의 동생인 안련이 선원들로 하여금 형을 도왔다.

대장선 지휘소에서 명을 내리고 있었다.

"전방 언덕에 적이 위치해 있다. 상장군께서 격퇴 시킬 수 있으시지만 수고를 덜어드린다. 지금 즉시 화포를 조준해, 발포하라!"

"예! 어르신!"

명령을 받은 선혜가 각 전선에 명령을 하달했다.

그리고 크게 소리치면서 포격을 명했다.

"발포하라!"

뻐벙! 뺑!

포성이 일어나면서 연무가 뿜어져 나왔다.

화포탄이 발포되면서 상륙을 저지하려는 당군을 공격했다.

그리고 모여 있던 당군이 이내 큰 피해를 입으면서 산산이 흩어졌다.

비명과 아우성 소리를 들으면서 창운이 명령했다.

"고지를 점령해라!"

온 해병이 달렸다.

창운이 직접 지휘하는 해병 1사단에 더불어, 계백이 지휘하는 해병 2사단까지 함께 달렸다.

계백을 따르는 흑치상지와 사타상여 상영 등도 함께 달렸다.

그리고 장안 가까운 곳에서 교두보를 마련하고 새로운 보급로를 개척했다.

그 후에 수십 만 대군이 몰려와서 장안을 위협했으니, 순식간에 인마의 물결로 넘실거렸다.

당 황실에 남아 있는 거의 마지막 대신이었다.

아니, 무 태후에게 충성하는 거의 유일한 신하였다.

유인궤가 직접 10만 대군을 이끌고 장안성 밖에서 진형을 펼쳤다.

그리고 전방에 모여 있던 대군을 보았으니, 그들은 전부 고려군이라.

장안성이 위치한 등 뒤를 제외하곤 모든 위치에서 삼족오기가 나부끼고 있었다.

또한 너머에는 반군을 상징하는 '해방' 깃발이 휘날리고 있었다.

사도 유인궤의 지시를 받고 성에서 출전한 군사들이 뒤에서 이야기 했다.

"어쩌다 이렇게 되었을까…….."

"애초에 무가와 연을 맺지 말았어야 했어. 안 그랬으면 진즉에 항복했을 텐데…….."

"이제 항복하면, 놈들이 우릴 죄다 죽일 거야."

"놈들이 우리 때문에 많이 죽었어…….."

평범한 군사들이 아닌, 태후와 한 운명을 이룬 군사들이었다.

선황제가 붕어했던 뒤로, 실세가 되었던 태후와 무씨 가문에 뇌물을 바쳤던 가문의 사내들이었다.

혹은 태후에게 부역하면서 폭정을 이루고 백성들을 해쳤던 사람들이었다.

때문에 전쟁에서 패하면 결코 살아남을 수 없었다.

전장에 서고픈 마음은 작은 씨앗만큼도 없었지만, 이제는 이리 죽으나 저리 죽으나였다.

반 강제로 전장에 선 군사들을 유인궤가 지휘하고 있었다.

그리고 태후를 위해서 목숨을 바치고자 했다.

무수한 삼족오기를 살핀 두 하늘을 올려다보면서 눈을 감았다.

바람이 불다가 잠잠해졌다.

담대함을 마음에 담으려 했지만 간절함 밖에 없었다.

고함을 일으키면서 포위한 고려군을 향해서 달려들었다.

"전군! 돌격! 대당국! 황제 폐하! 만세!"

"황제 폐하! 만세!"

"와아아아!"

억지로 전의를 짜내면서 전력질주 했다.

눈물겹게 창검을 든 군사들이 일제히 달렸고, 그들이 고려군에 거의 이르렀을 때 귀를 찢는 듯한 큰 폭음을 듣게 됐다.

'꽝!' 하는 소리와 함께 고함을 지르던 군사들이 침묵했다.

"흐아악……!"

"아악……!"

몸이 뜯겨져 나간 병사들이 비명을 질렀다.

수많은 구슬을 맞은 장수와 군관이 이미 형체를 알아 볼 수 없을 모습으로써 사라지게 됐다.

그리고 곳곳에서 신음이 일어났으니, 때를 기다렸던 고려 포병들이 소리쳤다.

"발포하라!"

포성이 크게 일어나면서 온 힘을 다해서 달렸던 당군을 두들기기 시작했다.

그리고 폭발하는 화포탄인 비격진천뢰가 날아들고, 준비된 화차로부터 신기전이 발포되었다.

앞에서는 소총수들이 수류탄을 던지고 총탄을 쏘아 날리기 시작했다.

한 순간에 수 천 당병들이 쓰러지고 더 이상 앞으로 달릴 수 없다는 것을 깨닫게 됐다.

"후…후퇴! 후퇴!"

"도망쳐!"

"으아아아……!"

어차피 지면 모두 죽은 목숨이었다.

전투를 치르기 전에 고려군과 해방군이 반드시 죗값을 치르도록 만들겠다고 엄포를 놓은 상황이었다.

그래서 싸워야 함에도 싸우지 않고 뒤로 도망쳤으니, 장안성을 포위한 고려군과 수십 만 해방군의 위세가 대단할 수밖에 없었다.

그들 전체를 합하여 이미 100만 대군 이상을 이루고 있었다.

장안으로 진격해 온 해방군의 수만 해도 50만 대군이었고, 고려에서 계속해서 더해질 대군도 수십 만 대군이었다.

더 이상 희망이 없었고, 그저 하늘 아래에서 무릎을 꿇을 뿐이었다.

온 몸에 총상이 새겨진 유인궤가 원망스런 시선으로 하늘을 올려다보았다.

"어째서… 황실을 용서해주지 않았소…? 어째서……."

하늘에 저주를 퍼붓고 싶었다.

하지만 이미 그럴 수 없을 만큼 모든 기력을 잃어버렸다.

앞으로 쓰러지면서 몸과 지면이 일치 되었고, 이채로 빛났던 눈동자에는 한없는 어둠만이 새겨지게 됐다.

그리고 고려군의 함성이 일어났다.

"전군! 돌격!"

"와아아아!"

"대고려국 만세!"

화기를 든 고려군이 뛰기 시작했다.

그리고 도망친 당군을 뒤쫓고 성 앞에서 궤멸 시켜버렸다.

화포를 전진 배치 시켜서 성문을 부수고, 다시 황성의 성문마저도 깨버렸다.

전에 부셔졌던 성문이 산산조각 났다.

태극궁 전체에서 함성이 울려 퍼졌다.

성의 상황을 확인한 무삼사가 태후 앞에서 무릎을 꿇으면서 울먹였다.

"흐흐흑… 태후마마……."

"……."

"적이 황성으로 난입 했습니다… 피하셔야 됩니다. 어서,

궁녀들의 옷으로…….”

그 앞에서 상석에 앉은 무조가 엄히 말했다.

“궁녀 차림을 한다고 해서 내가 살아남을 수 있을 것 같으냐.”

“하오나…….”

“날 알아볼 수 있는 자가 많을 것이다. 그러니… 그 검으로 날 베어라. 적은 날 죽이지 않고 온갖 치욕을 안겨다 줄 것이다. 그렇게 하기 전에 날 죽여라…….”

태후의 요구에 조카인 무삼사가 고개를 가로저으면서 대답했다.

“안 됩니다…….”

“베라 하지 않느냐. 어서 날 죽이란 말이다……!”

“안 됩니다. 절대로 그럴 수 없습니다… 그러니 부디, 살아남으셔서…….”

자진을 도우라는 말로 실랑이를 벌이던 때였다.

“막아라!”

탕! 타탕!

“크악!”

“……?!”

문 밖에서 소란이 크게 일어나면서 장수와 군관들의 소리가 들렸다.

천둥소리 같은 총성도 함께 들렸다.

문이 부서지는 듯한 소리가 있은 후에 발자국 소리가 들렸으니, 대전 밖에서 그림자가 지고 그 너머에서 사람들이 모습을 드러내기 시작했다.

한 사람은 여인이었고, 한 사람은 건장해 보이는 젊은 장수였다.

그리고 중년의 남자가 연달아 들어왔으니, 세 사람을 보면서 무조의 미간이 좁혔다.

그녀의 손이 떨리는 가운데 무릎을 꿇고 있던 무삼사가 소리치면서 일어났다.

"여기가 어디 안전이라고!"

퍽!

"커헉……!"

여인의 검 자루에 복부를 맞았다.

그로 인해 무삼사가 다시 무릎을 꿇고 쓰러졌으니, 이내 게거품을 물면서 정신을 잃었다.

그를 기절 시킨 여인이 함께 온 두 사람에게 말했다.

"태후입니다. 이틀 전에 궁에 잠입해서 얼굴을 확인했습니다."

중년 남자가 무조를 노려보면서 물었다.

"저 여인이 짐의 백성들을 죽인 여인인가?"

그리고 젊은 장수가 미간을 바짝 조이고선 대답했다.

"당나라 최고 여장부입니다. 희대의 악녀이기도 하고 말입니다. 어떤 벌로도 저 여자의 죄를 씻을 순 없을 겁니다."

마치 자신을 알고 있다는 듯이 말하는 것 같았다.

그런 남자의 모습에 무조가 특이한 느낌을 받았다.

왠지 외모에서부터 두 사람과 섞이지 않는 듯한 분위기가

264

있었다.

그것을 깨달으면서 눈앞에 서 있는 남자가 누구인지 이내 깨달았다.

"너로구나…! 네놈이 고려에서 하늘을 칭하며 능멸하는 놈이었어! 네놈이 천군이구나!"

분노와 두려움, 탄성과 혐오와 같은 온갖 감정들이 한꺼번에 일어났다.

소리를 일으키는 무조를 보면서 오성이 더욱 인상을 찌푸렸다.

그리고 그를 노려보던 무조가 다시 곁에서 나타나는 자들에 의해 눈동자를 키우게 됐다.

"네…네놈들은……?!"

걸음이 정후전 대전 안으로 이르게 됐다.

안으로 들어오는 다시 세 사람이었고, 그들은 전부 백발 노신으로 갑옷을 입고 있었다.

나라를 세웠다가 백성을 위해서 무너뜨리는 자들이었다.

장손무기와 이적과 저수량이 태후의 대전에 이르렀다.

그리고 그들을 마치 귀신을 본 것 마냥 태후가 떨고 있었다.

가장 원하지 않았던 순간을 맞이하고 있었다.

천군이 선택하다

개국공신으로서 조정의 기둥이 되었던 세 명의 대신이었다.

하지만 이제는 황실에 반하는 역신들이었으니, 그들을 보게 됨에 상석에 앉아 있던 무조가 크게 소리쳤다.

"배신자들! 여기가 어디라고 감히 발을 디디는가?!"

마지막까지 황실을 지키고자 하는 여인이었다.

아니, 오직 권력을 필사적으로 지키려 하고 있었다.

그녀의 곁에 권력의 상징인 어린 황제가 있었고, 눈물을 터트리는 황제의 손을 붙들면서 세 사람을 상대로 호통을 쳤다.

그런 태후의 모습에 장손무기가 부답했다.

벽에 몰린 궁녀들이 떠는 가운데, 이적이 태후가 붙든 황제를 힐끔 쳐다보고선 언성을 높였다.

"황제를 앞세워서 천하를 어지럽히다니! 한줌 권력을 지키기 위해 죄 없는 자를 죄인으로 몬 대가를 반드시 치르게 할 것이다!"

이어 저수량도 무조에게 험악하게 말했다.

"동지들의 복수를 반드시 이룰 것이오!"

두 사람의 호통에 무조가 반응을 보이면서 노려봤다.

하지만 그동안 경험한 적 없었던 공포와 두려움을 느꼈다.

황제가 울면서 어미인 태후를 부르짖었다.

"어마마마……."

어린 황제에게 머물렀던 시선이 다시 무조에게 향했다.

그리고 이번에는 장손무기가 나서면서 태후의 죄를 알렸다.

그 목소리가 매우 잠잠했다.

"태후의 말대로 나는 이 나라를 배신했소."

"……."

"하지만 선황제는 아끼고 지켜야 할 하늘을 배신했소. 그리고 태후는 온 세상을 속이고 하늘을 능멸했소. 그러니 반드시 죗값을 치르게 될 거요. 태후의 악행이 사가에 기록되어 만년 동안 이어지게 될 것이오."

그 말을 듣고 무조가 부들부들 떨었다.

장손무기의 마지막 말이 그녀의 심기를 건드렸다.

분을 참지 못하고 벌떡 일어났을 때, 천군과 함께 들어왔던 중년의 남자가 눈짓을 주면서 천군에게 지시했다.

그의 뜻을 받은 천군이 여인 장수에게 명령했다.

"포박해."

"예! 대장군!"

연수가 함께 들어온 대원들에게 명했다.

그리고 대원들이 다가와서 무조를 붙잡자 그녀가 몸부림을 치면서 소리를 질렀다.

"놔라!"

"가만히 있어!"

"미개한 오랑캐 놈들이 어디 감히 대당국 태후에게 손을 대느냐?! 그 더러운 손을!"

퍽!

"커흑……!"

붙잡힌 태후가 몸부림치자, 그녀를 붙든 대원이 봐주지 않고 복부에 주먹을 꽂아 넣었다.

어느 누구도 그들의 행동에 대해서 잘못 되었다고 말하지 않았다.

적의 저항을 제압하는 것은 매우 당연한 일이었다.

그렇게 태후가 고통을 느끼면서 몸을 늘어뜨렸다.

어린 황제가 어미를 따라가려다가 나머지 대원들에게 붙잡혔다.

"어마마마! 어마마마……!"

철없는 아이였다.

하지만 군주라는 책임의 무게가 작은 어깨 위에 실려 있었다.

때문에 어린 황제를 보는 사람들의 시선이 복잡할 수밖에 없었다.

그를 지켜보다가 함께 정후전에 들어왔던 고보장이 오성에게 물었다.

"황제를 살릴 것인가?"

상태왕의 물음에 오성이 잠시 생각했다.

그리고 장손무기와 이적 등을 힐끔 쳐다보고 난 뒤 대답했다.

"일단은 그렇습니다. 하지만 해방군과 먼저 협의할 것입니다."

"최선의 결과는 무엇인가?"

"황제의 지위를 박탈하고 고려에서 포로로서 관리하는 것입니다. 하지만 포로의 나이가 어린만큼 나이에 걸 맞는 가르침이 있을 것입니다."

"……."

"고려의 아이들이 배우는 것을 배우고, 고려 말과 글, 하늘의 이치까지 배울 것입니다. 그리고 당 황실의 정통이 얼마나 잘못 되었는지 가르쳐준 뒤, 성인이 되었을 때 이곳으로 돌려보낼 것입니다."

"이곳에 온다면 군주 위를 되찾으려고 하지 않겠는가?"

"그럴 수도 있지만, 쉽지 않을 것입니다. 백성들이 따르지 않을 것이기 때문에 말입니다. 그래서 새 나라의 백성으로서 살게 될 겁니다. 새 나라에 위협이 되지 않는 존재가 되면 군이 피를 묻힐 이유도 없을 것입니다."

오성의 이야기를 듣고 고보장이 고개를 끄덕였다.

그리고 장손무기와 이적 등을 보았으니, 세 사람 중에서 장손무기가 대표로 답하였다.

"이유 불문 피를 보게 되는 일은 상서롭지 못한 일입니다. 때문에 천군의 지혜가 최선입니다."

"동의하는가?"

"예. 폐하. 천군의 계획에 협조할 것입니다. 그리고 이 나라 백성들을 진리로 깨우치겠습니다."

답변을 듣고 고보장이 만족했다.

그리고 오성에게 말했다.

"대장군의 뜻대로 하라. 그리고 이 어린 적국의 군주를 살려라. 이성을 가진 대국으로서 마땅히 할 일을 전하라."

상태왕의 말에 오성이 머릴 숙이면서 감사의 뜻을 전했다.

그리고 연수에게 명했다.

"압송해."

"예! 대장군!"

황제에 대한 압송을 연수가 책임졌다.

그녀가 상온과 치혁 등에게 명령했고, 마치 상태왕을 보호하듯 어린 황제를 감싸면서 적이 오는 것을 막았다.

그리고 밖으로 나가서 본대로 황제를 인계했으니, 막강한 고려군에게 덤빌 자는 세상 어디에도 없었다.

더욱 많은 군사들이 지켰고, 화기로 무장한 군사들이 경계를 벌였다.

그에 관한 보고를 오성으로부터 전해 듣고 고보장이 만족한 미소를 지었다.

"끝났군. 정리해야 할 것이 많지만 말이다. 이제 이 땅에 정의를 바라는 제대로 된 나라가 세워져야 할 것이다."

"예. 폐하."

하늘이 붉게 물들고 있었다.

온 하늘을 밝히던 해가 지면 아래로 사라지려고 했다.

마치 당나라의 미래처럼 곧 고요함이 찾아올 것이라고 생각했다.

그리고 다시 아침이 찾아왔을 때, 하늘의 이치로 정의로운 나라가 세워지기를 간절히 소망했다.

그렇게 되리라고 생각했다.

모든 것이 천신의 뜻으로써 이뤄질 것이라고 생각했다.

어두운 밤이 끝나고 날이 밝아오면서 두꺼웠던 철문이 열렸다.

안에서 온몸이 묶인 여인이 군사들의 손에 끌려 나왔으니, 그녀는 무소불위의 권력으로 전횡을 일삼았던 여인이었다.

황제를 악으로 유혹하면서 온 천하를 망가뜨리고 백성들에게 고혈을 요구했던 여인이었다.

그러한 여인이 형장에 서자 그녀의 최후를 보기에서 온 백성들이 크게 소리를 질렀다.

"죽여! 죽여라!"

"찢어 죽여!"

"저년 때문에 우리 자식과 동무가 목숨을 잃었어!"

"뼈째로 갈아 마셔도 시원찮을 년!"

여인과 아비와 어린아이들까지 소리치고 있었다.

그리고 주름 가득한 얼굴을 가진 노파와 노인들까지 고함을 지르면서 죄인에 대한 엄벌을 요구했다.

더러운 오물이 형장으로 날아들며 군사들을 괴롭게 했다.

"으악!"

"무슨 냄새야, 이거?!"

"누가 오줌과 똥을 삭혀서 던진 것 같아! 이년 때문에 이게 무슨 난리인지 모르겠어!"

"뒈지기 전까지 우릴 엿 먹이고 있어! 망할!"

오물을 던지는 백성들이 아닌, 처형대 앞에 선 죄인을 욕하면서 저주했다.

모든 것이 그녀 때문이라고 생각했다.

그리고 어서 처형당해서 지은 죗값이 치러질 수 있기를 바랐다.

포박된 무조가 형장에 서서 넋 나간 모습을 보였다.

오물을 맞으면서 나는 고약한 냄새조차 느끼지 못할 지경이었다.

그저 깊은 생각과 과거에 잠기면서 자신의 인생을 돌아보았다.

살아남기 위해서 모든 수단을 강구했던 자신의 모습이 눈앞에 지나갔다.

'어…어째서 이렇게 된 거야…? 나는 죽기 싫어… 그런데 네놈들도 죽기 싫잖아, 안 그래…? 살아남기 위해 수단과 방법을 가리지 않는 것이 그렇게 잘못 된 거야…? 네놈들도 내 입장이 되었다면 충분히 그랬을 거야……!'

살아남는 것은 본능이었다.

때문에 살기 위해서 짐승을 해쳐서 먹고, 흉기를 달려드는 도적에게 화살을 쏘아 날리는 법이었다.

기근이 들면 자식 또한 잡아먹는 것이 사람이었다.

그런 악함이 온 사람들에게 있다고 생각했다.

선하다고 알려진 사람들이 자신과 얼마나 다를까라는 생각을 했다.

때문에 억울했다.

가슴에서 울분이 차올랐고, 그때 장손무기가 했던 말이 떠올랐다.

'하지만 선황제는 아끼고 지켜야 할 하늘을 배신했소. 그리고 태후는 온 세상을 속이고 하늘을 능멸했소. 그러니 반드시 죗값을 치르게 될 거요. 태후의 악행이 사가에 기록되어 만년 동안 이어지게 될 것이오.'

죽으면 모든 것이 끝이었다.

그리고 남는 것은 이름 밖에 없었다.

그 사실을 깨달았을 때 자신이 치욕으로서만 영원히 남게 된다는 것을 깨달았다.

"이렇게 죽을 수는 없어……!"

피눈물을 흘리면서 괴성을 질렀다.

하지만 이미 처형대 위로 머리와 목이 놓여 있었다.

그 위로 큰 칼이 떨어지면서 목의 살과 뼈가 헤집어지게 됐다.

"꺽……!"

한 번에 목이 베여지지 않았다.

꼭 죄가 커서 죽음을 두 번 경험해보라는 것 같았다.

다시 칼이 떨어지면서 정신을 잃어가던 무조의 머리가 몸에서 떨어졌다.

그러자 형 집행을 지켜보던 백성들이 두 팔을 높이 올리면서 환호하였다.

"와!"

"태후 년이 죽었다!"

"저 원수 같은 년이 드디어 뒈겼어!"

"이야아아아!"

죄인의 죽음에 백성들이 통쾌함을 느꼈다.

그러면서 죄인으로 인해서 숨졌던 식구를 기억하였고, 울면서 죽은 죄인을 향해 삿대질을 하며 저주를 퍼부었다.

"지옥에나 떨어져라! 마귀 같은 년!"

욕설과 험담을 늘여놓으면서 슬퍼했다.

그렇게 장안 백성들이 온 감정으로 물들었다.

일부 고려 군사와 해방군 민병들이 함께 경계를 벌이면서 백성들을 지켜주었다.

그리고 연개소문과 양만춘과 김유신이 함께 지켜보았으니, 그들 뒤로 을지현과 여천과 김법민이 함께 하고 있었다.

유신이 당나라의 운명을 궁금히 여기면서 두 사람에게 물었다.

"이제, 이 나라는 갈라지게 되는 것이오?"

이미 들은 바가 있었다.

그리고 예전에 유신이 충성했던 신라의 상국이 당나라였으니, 양만춘이 차분한 말로 밝히게 됐다.

"동맹들에게 옛 땅이 돌아갈 것입니다."

"옛 땅이라면……."

"파촉, 그리고 운남 등입니다. 그리고 교주는 월 족속의 땅이기에 소위 중원이라 칭해지는 땅의 백성들과 분리 될 것입니다. 또한 황하 북쪽의 땅과 장간 남쪽도 분리될 것입니다. 하지만 모든 것은 온전히 백성들의 뜻에 달렸습니다."

대답을 듣고 김유신이 고개를 끄덕였다.

신라와 백제도 백성들이 원했기에 고려에 속해질 수 있었다.

그리고 백성이 무엇인지 알고 있었다.

"정말로 하늘의 뜻을 따르게 되는군. 그리고 백성들의 뜻을 존중해준다면 그것이야말로 순리가 될 것이오. 민심이 곧 천심이니까. 그것을 실제로 실천하는 천군이 참으로 대단한 것 같소."

알면서도 행할 수 없는 어려운 길이었다.

그 길을 당당히 걷는 오성을 유신이 칭찬했다.

그리고 유신의 칭찬에 양만춘이 피식 미소를 지었다.

새롭게 세워지는 당나라를 기대했고, 더 이상 고려에 맞서지 않을 것이라고 생각했다.

이제 천하가 땅이 둥글다는 것을 알고 있었다.

"돌아갑시다. 해방군을 도와줄 일부 정예군만 남고 나머지는 집으로 가는 것입니다. 돌아가서 백성들에게 미소를 안겨다주는 겁니다."

"예. 영의정 어르신."

"지금 바로 명령을 내리세요."

"예."

전쟁이 끝났다.

더 이상 당나라 땅에 군이 머물고 있어야 할 이유가 사라졌다.

스스로 천자라 칭하면서 천하를 다스릴 권리를 주장하던 오만한 존재가 무너지고, 그를 속이며 도구로 삼던 존재까지 지워졌다.

마땅히 응징을 받으면서 참 된 하늘이 일어섰고, 오직 백성을 위하며 정의와 진실을 지키고자 하는 나라가 세워지려고 했다.

중원이라는 오만한 지명을 버리고 '화북'을 앞세웠다.

화북 백성들의 뜻으로 나라가 일어나려고 했다.

또한 그 나라는 이제 고려와 화평을 누리며 서로를 도울 나라였다.

인간을 널리 이롭게 하는 대의를 공유코자 했다.

그렇게 먼 이국으로 향했던 군사들이 돌아왔다.

승리를 거두고 돌아온 군사들이 평양 대로를 지나면서 꽃잎을 맞았다.

거리로 나온 백성들이 승전을 이룬 개선군에게 열띤 환호를 보냈다.

"만세! 만세! 대고려국 만세!"

"만세! 만세! 대고려국 상태왕 폐하! 만세!"

"우의정 어르신 천세!"

"와아아아아!"

상태왕과 천군을 먼저 찬양했고, 따라 지나는 연개소문과 양만춘을 향해서도 환호성을 보냈다.

그리고 창운과 계백과 법민을 향해서도 천세를 보냈으니, 평양과 웅진과 금성의 군사들이 큰 자부심을 느꼈다.

만주 흑수부에서 온 사타르와 그를 따르는 흑수 전사들도 드디어 고려 백성이 되었다는 것을 실감하였다.

백성들에게 잘 보이는 단상 위에서 태왕이 영웅들을 기다리고 있었다.

그리고 단상 위로 영웅들이 올라섰으니, 해정이 아비와 만남을 이루면서 매우 기뻐했다.

또한 천군을 보면서 환하게 웃었다.

오성이 인사를 위해서 태왕에게 머릴 숙이려 할 때, 태왕인 해정이 먼저 머릴 숙이면서 인사를 전하게 됐다.

그로 인해 오성이 놀라면서 어쩔 줄 모르는 모습을 보였다.

"폐…폐하… 어째서 이러십니까? 저는 폐하의 신하인데…….."

당황한 우의정의 말에 태왕이 미소를 보이면서 대답했다.

"군주면 어떻고 신하면 어떻습니까? 그리고 스승님께서 이 나라를 구해주셨습니다."

"폐하……."

"오히려 제가 은인께 감사의 예를 올릴 것입니다."

다시 해정이 머릴 숙이면서 감사의 뜻을 전했다.

이어 서온찬과 유온이 머릴 숙였고, 단상 앞에 서 있는 군사들이 머릴 숙였다.

열띤 환호를 보내다 조용해진 백성들도 머릴 숙였다.

그야말로 온 세상이 그에게 감사를 보내는 듯했다.

창운과 안련도 머릴 숙였고, 걸사비우가 눈치를 살피다가 형인 창운의 손에 의해서 강제로 머릴 숙였다.

고보장과 연개소문과 양만춘도 흐뭇한 미소를 지으면서 머릴 숙였다.

이어 백성들이 크게 외치면서 오성의 이름을 연호했다.

"천군! 권오성 어르신! 만세!"

"만세! 만세! 권오성 어르신 만세!"

"와아아아아!"

마치 우레가 작열하는 듯한 함성이었다.

함성을 듣고서 오성이 굳어버렸다.

그야말로 얼떨떨한 기분을 느끼고 있었고, 그 모습을 본 고보장이 오성에게 물었다.

"부담을 느끼는 것은 아니겠지?"

그 말에 오성이 피식 웃으면서 대답했다.

"아닙니다. 그저 이런 미래를 얻게 되어 기쁠 따름입니다. 여태까지 저를 믿어주셔서 감사합니다."

모든 사람이 은인이었다.

서로가 서로를 믿음으로써 함께 이뤄낸 평안이었다.

천군이 없었다면 고려가 구해질 수 없었다.

하지만 천군이 있었다고 해서 반드시 고려가 구해지는 것도 아니었다.

역사 속의 영웅들이 하늘나라에 속한 사람을 믿어줘야 했다.

그것은 무척이나 기적 같은 일이었다.

필연과 같은 기적으로 고려가 구해지고 새로운 역사가 세워졌다.

온 사람들에게 무엇을 할지에 관한 선택이 주어져 있었으니, 그 선택의 사람은 반드시 받아들여야 했다.

그 결과는 당사자에게 있어서 좋을 수도, 혹은 나쁠 수도 있었다.

하지만 어쩌면 그러한 모든 것이 천신의 뜻일 수도 있었다. 그 선택은 그야말로 천신이 허락해 준 선택이었다.

어느 순간부터 평양의 집이 본래의 집처럼 여겨졌다.

전쟁이 끝나고 오랜만에 집으로 돌아왔다.

환인이 서린 땅에서 영고대를 가지고 왔으니, 그것을 통해 본래의 시대로 돌아갈 수 있었다. 삼족오 문양이 새겨진 패를 그동안 집에서 잘 보관해 왔다.

그리고 그것을 후원 탁자 위에 올린 영고대 옆에 나란히 두었으니, 영고대와 패가 붙여졌을 때 어떤 일이 일어나는지를 오성이 알고 있었다. 빛이 환해지면서 천 년이 넘는 시간을 거슬러 올랐었다.

그리고 돌아가는 방법도 그것과 비슷할 것 같았다.

다만 특정 시간대를 정해서 돌아가는 방법이 무엇인지 알 수 없었다. 시간을 넘나들 수 있게 만드는 천신의 신물인 것을 알고 있었지만, 그것 외에 어떠한 정보도 가지고 있지 않았다. 하지만 이제, 영고대에 대해서 무엇을 알고 있든, 그리 중요하지 않았다.

환인의 땅에서 장로가 했었던 말을 기억했다.

'천신께선 자식 같은 저희들에게 선택의 자유를 주셨습니다. 천신의 뜻을 따를지 말지 말입니다. 그래서 때론 우리 스스로 책임져야 할 부분이 있고, 그것 또한 천신께서 이루시는 일입니다.'

그가 했었던 말을 다시 한 번 입으로 읊게 됐다.

"선택의 자유라……."

두 사지 길이 자신에게 주어져 있었다.

그중 한 길은 이전부터 걷고자 했던 유일한 길이자 목표였었다. 하지만 이젠, 존재하지 않았었던 길이 생겨나면서 선택이 주어졌다.

갈림길에서 고민을 해야 했다.

아니, 이미 결론을 내린지 오래였다.

탁자 위로 무거운 정과 망치도 함께 놓여 있었다. 대장장이들이 쓸 것 같은 모루 위로 영고대를 올려놓았다.

그 앞에서 새로운 길을 걸으려고 할 때, 후원에서 인기척이 일었다.

고개를 돌려서 보았을 때 연수가 서 있음을 보았다.

"어르신……?"

"…….."

"그것은……."

오랜만에 집에서 함께 식사하기로 했다.

연인과 소중한 시간을 보내기로 했고, 조금 일찍 온 연수에게 오성이 들켜 버렸다.

멋쩍은 미소를 보이면서 오성이 연수에게 말했다.

"나중에 알려주려고 했는데, 들켜버렸네. 이것 참."

"어르신……."

"우리에게는 선택의 자유가 주어져 있어. 결과의 책임은 우리가 감당해야 되지만 말이야. 이것이 내가 선택한 길이야."

정을 세우고 그 위로 망치를 힘껏 내려쳤다.

하늘에서 떨어진 돌 중앙에 흠이 새겨지고, 그 위로 다시 충격이 가해졌다. 그러자 영고대가 여러 조각으로 쪼개져버렸다. 그것을 내려다보면서 오성이 미소를 지었고, 영고대를 부순 천군의 행동에 연수가 놀랐다.

그 충격이 미처 가시기도 전이었다.

"혼인을 맺자."

"예?"

"이제, 돌아갈 수 없으니까. 꼭, 돌아가지 않아도 다들 잘 지낼 거야. 나는 이곳에서 너와 함께 할 거야."

"어르신……."

다가가서 소중한 사람을 품에 안았다. 그것이 살아가는 목
표요, 모든 것을 행하는 이유였다. 그렇게 선택을 이루고 새
길 위를 걷기 시작했다. 고려와 백성을 위하고, 연을 맺은 모
든 사람들을 위하고자 했다.

그로부터 몇 달이 지났다.

폭풍의 계절이 지나고 위대한 원정이 하늘의 뜻으로써 이
뤄지려고 했다. 삼화에 삼한선 수십 척이 모인 가운데, 대장
선에 오른 창운이 머릴 짚으면서 괴로워했다.

"우윽……."

함께 탄 안련이 미소를 지으면서 물었다.

"벌써 멀미를 하십니까? 아직 출항하지 않았는데 말입니
다."

형을 우습게 여기는 동생의 말에 창운이 인상을 쓰면서 말
했다.

"숙취야, 숙취. 배 멀미가 아니라."

"어제 많이 드셨나 봅니다."

"경사스러운 날이니까. 폐하께서 혼인을 맺으셨는데 온 나
라가 축제였잖아. 나는 아직도 폐하께서 옛 신라공의 자식과
혼인을 맺으신 것이 믿어지지가 않아."

그 말에 창운의 머리 위에서 목소리가 일어났다.

"우리가 철륵과 남국에 가 있는 동안이었나 보지."

"예?"

"사람 마음이라는 게 어떻게 될지 모르잖아? 하늘의 뜻으로 맺어진 인연일 수도 있고 말이야. 너에게도 분명히 그런 인연이 있을 거야."

형인 천군이 지휘소 위에서 이야기 했다. 그의 말에 갑판 위에 서 있던 창운이 의기양양한 말투로 말했다.

"저도 있습니다. 형님."

"응? 있다고? 언제?"

"형님께서 철륵에 가시고 저희가 남국에 가 있는 동안이었나 봅니다. 이번에 출항하면 볼 겁니다."

창운의 말에 오성의 눈이 휘둥그레졌다.

그리고 안련을 보자 안련이 미소를 보이면서 대답했다.

"사실입니다. 형님."

그 말에 오성이 인상을 굳히면서 창운에게 말했다.

"공사구분 안 할래? 설마, 연인을 만나기 위해서 이 배를 탄 거야?"

형의 말에 창운도 지지 않고 말했다.

"형님께서야말로 형수님과 함께 타시지 않으셨습니까? 형님께서도 얼마 전에 혼인을 맺으셨는데 말입니다. 혹시, 이 배를 유람을 위해서 타신 것은 아니겠지요?"

그 말에 오성이 움찔하고선 대답했다.

"아니야! 그럴 리가 없잖아! 우린 어디까지나 고려를 위해서 대진에 가 보는 거야! 네 형수가 함께 탄 것은 어디까지나 나라와 백성을 위해서야!"

목소리를 높이면서 강하게 주장했다.

그런 형을 창운이 의심의 눈초리로 올려다봤고, 할 말을 전한 오성이 숨듯이 재빨리 난간에서 떨어졌다.

그리고 지휘소에 함께 서 있던 연수와 시선이 마주치면서 서로 웃었다.

한참을 웃다가 넘실거리는 바다를 보면서 이야기 했다.

"기대되지?"

"네. 어르신."

"나도 기대 돼. 저 바다 너머에 있을 이국이 말야. 먼저 서로 간 후에 동쪽으로 가 볼 거야."

연수가 오성의 팔을 붙들면서 말했다.

"저는 오직, 어르신만을 믿겠습니다. 앞으로 생길 우리 아이들을 위해서 말입니다. 어르신과 함께 고려와 백성들을 위할 겁니다."

그녀의 말에 오성이 고개를 끄덕였다.

한 뜻을 이루면서 세상을 헤쳐 나가고자 했다.

지휘소에 오른 안련이 오성에게 보고했다.

"준비가 끝났습니다. 형님."

그 말에 고개를 끄덕이면서 오성이 명령했다.

"지금 바로 출항 명령을 내려. 그리고 우린 서쪽에 머무르는 해를 따라간다. 우리가 쫓는 동안 해는 결코 지지 않을 거야."

명을 받고 안련이 선혜에게 지시했다.

그리고 북소리가 크게 일어났다. 전사들과 함께 승선한 걸사비우가 신나서 목소리를 높였다.

"출발이다! 우와아아!"

바닷물을 젓던 노가 선체 안으로 들어갔다. 그리고 돛이 활짝 펼쳐졌으니, 바람을 타며 바닷물을 가르기 시작했다. 고려를 먼 세상에 알리고자 했다. 사람을 널리 이롭게 만들고자 했다. 천신의 뜻을 품으며 위대한 원정을 이루고자 했다. 고려의 영광이 만대에 이르기를 소원했다.

〈고구려, 대륙을 먹다 완결〉

어울림 BOOKS
신인 작가 대모집!

어울림 출판사는 무한한 상상력과 뜨거운 열정을 가진 작가 여러분을 기다리고 있습니다.

창작에 대한 열의가 위대한 작품으로 꽃피울 수 있도록 저희 어울림 출판사가 여러분의 힘이 돼 드리겠습니다.

지금 도전하십시오!

모집 분야 : 판타지, 역사, 무협, 로맨스 등

모집 대상 : 아마추어, 인터넷 작가등 열정을 가진 모든 작가

모집 기한 : 수시 모집

작품 접수 방법 : 당사 네이버 카페 또는 이메일을 이용해 주십시오.

파일 형식은 제한이 없으나 원활한 원고 검토를 위해 '.HWP' 형식으로 보내주시고, 파일에 연락처도 함께 기재해주시면 됩니다.

채택된 작품은 정식 계약을 통해 출판물로 간행됩니다.
간행된 출판물은 당사의 유통망을 이용하여 전국 서점으로 배포됩니다.
※ 문의 사항은 **네이버 카페(http://cafe.naver.com/oulim0120)**를 이용하시기 바랍니다.

경기도 고양시 일산동구 장항동 43-55 성우사카르타워 801호
어울림 출판사 신인 작가 담당자 앞
전화 031) 919-0122 / **E-mail** 5ullim@daum.net

인류의 희망, 아만티움!

자원고갈에 직면한 인류에게 아만티움은 신이 내린 선물이었다.

그러나 이는 또 다른 비극을 불러왔으니……

과거라는 운명의 소용돌이에 던져진

3형제 백호, 청룡, 현무.

그들에게 주어진 운명에 순응하고

열도 침몰을 위한 보급 전쟁을 벌이는데……

우리는

열도 침몰을

두경 현대판타지 장편소설

원한다

어울림

천살성의 운명을 타고난 마신 독고황
그리고 무림을 지켜온 천신검가
하지만 위대한 가문은 지워졌다.

절망 속에 화룡을 품게 된 검무천.
역경 속에서 북두칠성이 눈을 뜬다.

"돈만 내면 무슨 일이든 해결해드립니다."

붉은 머리카락을 휘날리는 용병 검무천.
무림에 다시 드리운 어둠과 맞서 싸운다.
그가 가는 길은 또 다른 전설이 된다.

송세종 무협 장편소설

어울림
BOOKS